U0932966

如果　事与愿违，
相信　另有安排

每日人物　编

图书在版编目（CIP）数据

如果事与愿违，相信另有安排 / 每日人物编 . -- 南京 : 江苏凤凰文艺出版社，2018.11

ISBN 978-7-5594-2996-4

Ⅰ . ①如… Ⅱ . ①每… Ⅲ . ①散文集—中国—当代 Ⅳ . ① I267

中国版本图书馆 CIP数据核字（2018）第 230776号

书　　名	如果事与愿违，相信另有安排
编　　者	每日人物
策划编辑	李　艳
责任编辑	袁　媛　姚　丽
出版发行	江苏凤凰文艺出版社
出版社地址	南京市中央路 165号，邮编：210009
出版社网址	http://www.jswenyi.com
印　　刷	北京联兴盛业印刷股份有限公司
开　　本	880 × 1230毫米　1/32
印　　张	8.5
字　　数	200千字
版　　次	2018年 11月第 1版　2018年 11月第 1次印刷
标准书号	ISBN 978-7-5594-2996-4
定　　价	39.80元

记录这个时代值得被记住的人

序

我们，或许也是这样的人

不久前，“每日人物”刚过了两周岁的生日。

我们一直坚持记录这个时代值得记录的人，讲述他们的故事。

他们有的是在命运里颠簸的人。

邢佳栋演《士兵突击》已经10年了，在街头仍然被叫做伍六一，他如何在这个角色的阴影中自处？

映客CEO奉佑生身价几十亿，却说自己过着一种没有快乐感的生活，他到底遭遇了怎样的焦虑？

我们也报道普通人。

南京人陈思在长江大桥义务巡逻14年，救下了300多个自杀者的生命。他却经常反思：我这样是救了他们，还是害了他们？

骨灰盒设计师庄宁见惯无数生死离别，他最害怕的是客户的一个问题，“还有一样的吗？”他害怕生者的决绝。

育儿嫂范雨素打工的房子有12个卫生间，客厅里说句话都有回音。每天晚上她回到8平方米的住处，会思考一个问题：为什么两边的人都觉得不幸福？

730篇文章，那么多的人生。

为了采访他们，“每日人物”的记者也创造了许多故事。

一位小伙子，骑着电动车送了一个月外卖，只为更好地理解外卖小哥生活中的笑与泪。另一位小伙子在采访时弄丢了自己刚戴上几个月的结婚戒指。有一位姑娘为了采访，23岁生日的当天在火葬场待了一个下午。

还有一位姑娘，报道了一位蒙冤多年的阿姨，为她伸张。阿姨很是感激，经常给她打电话问候。实际上，阿姨已经身患癌症，但并不知道自己有多严重。为了给她宽心，我们的这位姑娘就经常陪着她聊天，想办法让她开心，同时始终保守这个秘密……

作为一个做原创报道的平台，“每日人物”在这个时代显得很稀缺。

但这样的地位并没有带来最大的收益。

拿微信来说，“每日人物”公号的点击率很高，推送发酵很快，往往几个小时就能达到最大阅读量。年轻人把它当作一个原创信息的信使，甚至能推断出它每天的大致推送时间。但是，事实只是事实而已。在这个充溢着标题党和关键词的速食时代，报道事实是无法蹭热点和收割流量的。

从性价比的角度看，报道事实不如报道观点，报道观点不如报道情绪；从需求的角度讲，事实是整个社会的刚需，却不是某个人的刚需；从安全的角度看，记者工作辛苦，上升空间有限，风险却很高。

这些道理，我们都明白。做了两年，我们的平均阅读量还不如一些大号的情感鸡汤文，但，或许这就是我们的宿命。

总有那么一些，受过传统媒体的职业训练，除了说真话没有太多生存技能的人。

总有那么一些，想坚持一些过时的价值观，按照自己的本意去做事的人。

总有那么一些，愿意关注社会的真相，愿意直面生活的人。

我们，或许也是这样的人。

福尔摩斯探案集里有这样一个故事：一个被狮子毁容的女人问福尔摩斯："像我这样残缺地活着，究竟有什么意义？"福尔摩斯说："在一个缺乏耐心的世界里，坚韧而有耐心地受苦，这本身就是最宝贵的榜样。"

冯翔　每日人物执行主编

In
Believe

如果 >> >>> >

目录 · contents

事与愿违 >> >>> >

In

Believe

相信 >> >>> >

目录 · contents

另有安排 >> >>> >

我们的团队

吴敏霞退役：31岁，开始童年生活

文：李斐然

即便是喜悦，也要按照标准有节制地表达。虽然那是她记忆中最开心的一天，但在现场，她却只能显得很平静，甚至并没有任何庆祝。

奥运跳水冠军吴敏霞退役了，但她似乎一直在逃避“退役”这个词。

在正式宣布退役前的那个礼拜，她还在犹豫，“选择坚持要比选择退役简单多了。”接受专访前，她认真地想了好一会儿，用另一个概念替代了这句话："我只是跟大多数人换了一种活法嘛，把我的生活倒着过。"

"小时候，别人天天玩，尝试新东西，我就只能去跳水，天天做同一件事；现在30多岁了，别人选择了稳定的工作，天天去做同一件事，而我却从跳水中回来，重新开始玩。"她说，"现在轮到我来享受生活，回到我的童年。"

在倒置的生活里，吴敏霞经历了一个漫长的职业体育生涯。她从6岁开始学习跳水，16岁拿到第一块金牌，直到里约奥运会，31岁的她还在拿金牌。在25年的职业生涯中，她是中国第一位获得5枚奥运金牌的女运动员，历史上唯一连续四届蝉联奥运金牌的跳水选手，尤以曾经和郭晶晶搭档双人跳水组合最广为人知。

这段生活就要结束了，但新的生活是一张尚未展开的白纸。即将退役的她连轴转地接受采访、拍摄照片、出席公开活动，日程表从早排到晚。但每到晚上10点，她总会习惯性地提醒自己"门禁时间到了"。因为在运动队的日子里，晚上10点以后不得外出。花了一会儿时间她才能回过神来，这些要求已然失效，那已经是上一段生活里的故事了。

标准、控制和25年如一日

吴敏霞所熟悉的跳水生活，最要紧的关键词是——标准。

在这段从6岁开始的生活里，一切都要按部就班地进行，凡事都有一个标准。作为竞技运动的跳水，从选材开始就有一套完整的指标参数，比如小腿长占下肢长的比例、原地纵跳和十字变向跳能力、身高、体重等等，甚至还要包括自信心和成就动机的强烈与否。

“现在我还能想起来，当选材教练说我身材和性格适合跳水时，我的那股高兴劲儿。有种被上天选中的感觉。”吴敏霞在宣布退役的微博中这样写道，然而很快医生在检查中发现她的髋和胯突出，身体素质其实并不适合做跳水运动员。“（这）让我不禁又对天赋这件事有些迷茫。”

跳水在很多时候被人视为一件优美的事情，它代表了人在无支撑的空间中利用自身力量完成规定动作的能力。但是真的站在

10米跳台上向下看的那一瞬间，优美、荣誉、骄傲、奖励都跟这项运动无关。任何一个人面对头部向下径直坠落的第一反应都一样——恐惧。

对小跳水学员而言，克服这种恐惧是第一个门槛。吴敏霞说，她已经记不得初次登台跳水时自己是紧张、兴奋还是恐惧，她只记得一个信念——练不好就会被退回去，所以，我要赢。

她通过一年500个小时的练习来对抗这种本能的恐惧，并从跳水这件事中寻找乐趣。

按照跳水运动员的训练标准，她每周训练至少6天，重复3000次跳水动作，来保证自己在起跳腾空后那个无支撑的环境里能够精准地控制自己的身体，严格按照标准完成动作。

并不是每个人都能做到这件事，但是吴敏霞做到了。“当时我就在想，只要每天都多练点，老天总不会辜负我吧？”她说，“跳得久了，越来越能感受到跳水这项运动的执拗，没人对抗，每天都是自己跟自己较劲。但又不敢停下来歇一歇，生怕一歇状态就没了。”

于是，这种不停歇的状态一直持续了25年。

吴敏霞给人最大的印象就是努力，坊间流传着的关于她的消息总是和努力坚持有关——她感冒了不请假还坚持训练、受伤打封闭也坚持训练、胃病犯了也在训练、韧带撕裂也坚持参加比赛、就连参加奥运会，有两次她都是带伤上阵……

上海游泳中心党总支书记邵国民说，吴敏霞在上海冬训，虽然训练场离家只有两三公里，但两个月里她也只回去过一两次，“她对自己的生活要求很严格，没有训练队内的安排，她不会跑出去自己活动”。

这种刻苦换来了她所渴望的结果。国家跳水队教练周继红在为双人跳水运动员配对的时候，对郭晶晶和吴敏霞的跳水过程进行了统计。结果发现，吴敏霞在走板过程中，重心水平和垂直速度变化曲线几乎和郭晶晶的运动曲线趋势完全重合，只要她们按照统一的技术要求掌握跳水动作，足以保证她们能够高度同步地完成规定动作。

吴敏霞终于被选中了，选中她的是国家。

“跳水这件事给我带来的最大快乐，是每天都在重复练习同一类动作后，真的在比赛场上能把这个动作发挥到极致的那种成就感。这种感觉我非常享受。”吴敏霞说，记忆里最高兴是2012年伦敦奥运会决赛，自己的5个动作全部发挥出色，“我觉得这场比赛非常完美，毫无遗憾。因为这个过程让我感觉每天的练习和付出，让我能够完美地控制我的身体力量，完成计划好的动作。”

然而，即便是喜悦，也要按照标准有节制地表达。虽然那是她记忆中最开心的一天，但在现场，她却只能显得很平静，甚至并没有任何庆祝。

“教练也会说，希望不要表现得太张扬。你的兴奋在别人看来像是一种施压，因为人家还要比赛嘛。所以我总是压制着，慢慢心情就平静下来，也不觉得那么兴奋了。”她说。

没有故事的女同学

跳水以外的那个世界，对吴敏霞来说是陌生的。在接受采访时，她一上来就直截了当地坦白：“我这个人没有故事，可以吗？”

她甚至有点委屈，每天训练结束后基本上就去做2个小时的理疗，差不多收拾一下就到晚上10点休息时间了，能有什么爱好呢？她看不了电影，因为腰上有伤，坐不了那么久；也没时间听音乐，毕竟大部分时间都在水里；一度迷恋过十字绣，可是颈椎不好，没法一直低着头，最后也放弃了……

“我是一个专注的人，很多时候我没有办法分心去想，不想给自己思想上增添负担，我要求自己必须一心一意地对一件事。”吴敏霞说，“这么多年我都是一心一意扑在跳水上面，对于自己的业余生活、兴趣爱好这种事，已经慢慢没有方向了。”

最后，她的生活里只有一样乐趣，就是跳水。每天早上6点起床，6点10分坐班车去出早操，下午7点20分结束训练，吃饭，做一到两个小时理疗，晚上10点回宿舍休息，周而复始。郭晶晶也曾说，活在跳水队的日子里，会让人忘记了自己的年纪。每一天都在重复着几乎相同的行程，总觉得自己还是刚进来时的小姑娘。回过神来的时候才意识到，自己已经30岁了。

在过去的25年里，吴敏霞最熟悉的人都在运动队里，她的教练、她的队医、她的队友。她说，感谢诞生了双人跳水这个项目，才让她的生活多了一个伙伴。

“给我影响最大的人是郭晶晶，她对我来说是非常有亲和力的大姐姐，她每天会陪着我训练。这会让我有一种陪伴的感觉，我不是一个人孤独地练习，还有一个人，跟我同步同时在一起。”

在这个过程里，吴敏霞说，苦恼的时候她会找人聊，找教练、找队医、找队友，但是很少找家人。她已经习惯了只跟家里人说好消息，而她的家人也是如此，报喜不报忧。时间长了，他们相互都不那么了解。

在很长一段时间里，因为担心影响她的训练，家人并没有把家里的消息告诉她，她不知道外公外婆去世，也不知道母亲得了乳腺肿瘤接受了化疗治疗。

“那么多年下来了，早已明白女儿并不是完全属于我们的了。”爸爸吴钰明之前接受上海当地媒体采访时说，为了解女儿的情况，父母只能学着上网，刷女儿的微博。就连最近女儿宣布退役的消息，也是在微博上发现的。

他们管女儿昵称“妹妹”。“其实妹妹打电话打得不算太多，她训练忙我们都明白，但只要有一点联系，我们都开心。”

“现在马上要开始新生活，会觉得我的灵活应变可能差一点儿。因为在跳水里，重要的不是你应变，而是对身体感觉的判断和调控。每一个跳水动作会被分解成很多具体的细节，起跳、空中翻腾、打开、入水……跳水所需要的是在空中那一刹那，根据自己的发力情况，控制自己的身体，在反复练习的同一个节点打开身体，保证标准的垂直入水姿势。这是一种空中感觉。”她说。

像个孩子那样，买点玩具

但在外面的世界，似乎并不需要一个标准动作。

她开始学习新的法则，学习化妆、看时尚杂志、开微博、上直播、参加综艺节目。然而她对这一切还不熟练，她说不出最喜欢的杂志名称，也说不出最喜欢看的电视剧名字，就连最喜欢的时尚搭配也只有寥寥的定义，“简单的，干净的吧”。

不过，吴敏霞并没有想明白自己接下来要做什么，只是想明白了一件事，现在是该结束的时候了。

“选择现在退役并没有什么契机，只是觉得不能再拖下去了。跳完奥运会那会儿，真的是知道自己没有办法继续再跳下去了，身体的各种情况已经超过极限了。再继续下去是对身体的不负责任。我觉得可以让自己休息一下。这不是年底了吗，我觉得应该对这一年，以及我的整个职业运动员生涯做一场告别仪式。”她说。

只是对于告别一项坚持了25年的职业运动，她还是会有点逃避。“在真正做出退役打算之前的几个小时，我还在想，会不会我再坚持4年，35岁再去征战奥运。”她在宣布退役的微博中写道，“哈哈，扯远了。”

“我希望以后能不断尝试新事物，找到我的兴趣，新的爱好。”吴敏霞说。

“以后不希望自己还是那么辛苦，因为之前经历的生活状态，精神和身体都已经在透支了，后面我想真正地享受人生。但是具体怎么说呢？我现在也还不知道，我不想把未来的规划钉死在一个方向上，我希望它能跟跳水一样，是我感兴趣、喜欢的事情，这样我才能百分百投入其中，让我一心一意地投入。”

在找到这个确定的目标之前，吴敏霞退役后的第一个决定是——像个孩子一样去玩。

比如，她决定在正式退役之后第一件要做的事情是重过童年，像个孩子那样，买点玩具。

“不过毛绒玩具已经不适合我了。”即将32岁的她说，“我现在喜欢买拼图，有点智力的玩具。”

没心没肺的任素汐，从骨头里长出了干净风骚的张一曼

文：卢美慧

舞台剧的5年，从最初躺在剧本里的安静的字，到一个活生生的，让人欢喜、让人心疼的人，张一曼差不多是从任素汐的骨头上生长了出来。

在原本的生活轨迹里面，那方小小的舞台之外，任素汐经历最多的场景是送别。

开始她是年纪最小的，送演不动的师哥师姐走，接着是和自己年龄差不多的，到了这两年，新一茬儿的小朋友们也泪眼汪汪

地加入了告别的队伍，“素汐姐，我走了，你保重啊”。

“保重，保重，嘿嘿。”送别经历得多了，任素汐也变得皮实。演话剧寂寞、挣不着钱、留不住人，很正常。

但各人有各人理解的“高处”，差不多10年的时间，任素汐觉得，“能守着舞台安安静静演戏，也挺美”。

她特别提醒，千万不要把这段儿写得特悲壮特高尚，完全没有，“我就是，单纯地喜欢”。

张一曼的魂魄，任素汐的肉身

在华语影像世界里，上一个放荡风骚却不招人厌烦的角色还是《新龙门客栈》里的金镶玉。24年前的张曼玉美貌水灵，正是人生最好的时辰，再怎么狠辣歹毒都透着娇俏，惹人喜欢是自然。

到了2016年的《驴得水》，影片中逮谁睡谁的张一曼竟然让已经习惯了道德审判的观众们集体放宽了标准。那张银幕上算不上好看的脸，因为剧中起伏的冲突而迸出了美感。

人们冲进演员任素汐的微博，争相表达着对张一曼的喜爱和心疼。

想要把“张一曼”抛在一边，单纯尝试去了解“任素汐”并不现实。她坐在你对面，虽然穿的不是旗袍，但陷在羽绒服包裹中的她，神态、语气，甚至不时蹿出的一串“哈哈哈”魔性的笑，都会让你恍惚，对面的任素汐缠绕着张一曼的影子。

任素汐并不避讳这种相似，舞台剧的5年，从最初躺在剧本里的安静的字，到一个活生生的，让人欢喜、让人心疼的人，张一曼差不多是从任素汐的骨头上生长了出来。

最原始的版本是张一曼也与大家同流合污，任素汐觉得生硬，观众也反映不合逻辑，于是就一点点修正。有次演完，任素汐沉浸在张一曼的世界里，灯都暗了，她还在舞台边上痴痴傻傻地笑，编剧刘露见了，这才定了张一曼的终局。

电影里很打动人的一段，配着酥软撩人的《我要你》，张一曼把蒜皮儿扬到半空，纷纷扬扬的像下雪。影像世界里面怎么表现女性是个恒久的命题，张一曼带来了一份特别，让大家见识到了把大蒜皮儿当雪花的姑娘的好。

这个情节，是《驴得水》还是话剧时期任素汐即兴改的。最早的时候，对手戏的演员拿出账本来，说这是大家的罪证，任素汐接过账本，顺手就撕碎了扬到空中。

导演周申觉得这属于演员的“天才”，因为这不是编剧靠想象能编出的场景。

在观众看不到的地方，她给一曼写日记，给这个角色梳理了几万字的前世今生。这是她一直私藏的宝贝。5年的时间里，任素汐就是这样一点点给张一曼增加着血肉，直到她由小众舞台闯入大众视野，有心疼和赞美，也伴着刻薄和非议。

角色是演员的骨血，到了这个阶段，任素汐觉得一曼真正“成了”，以后大银幕上大约不会再有这么个人，她的命运终了，笑骂由人。

心无旁骛的安静

一曼的人生在枪声中结束。任素汐在为一曼挨了自己1500多个巴掌之后，开始在现实世界里接纳着角色对于演员的馈赠。

过往的安静消失了。过了将近10年“出门、上台、演戏”的清净日子，不太擅长同陌生人打交道的她，要在短时间内习惯蜂拥而至的赞美、议论和窥探。

电影《驴得水》上映之后，任素汐不再是戏剧圈子里一直被珍藏着的“最想让她红又舍不得让她红”的话剧演员。她成了“演艺圈的清流”“华语影坛最大的惊喜”，最通俗地说，她红了。

但红不红，她不在意。

“说得多了，显得太装，可是我真是那么想的啊。”任素汐不是那种被经纪公司精确设计的流水线产品，说话透着张一曼式的敞亮。

她喜欢那种安安静静演戏又魅力非凡的演员，早几年发现英国演员约瑟夫·摩根，也会迷妹一般地在微博里祈祷：这是位极品英国好演员。先别红……

跟她自己的粉丝对待她的心情一模一样。

好朋友茜茜很理解任素汐的安静，2011年，两人因为工作认识，之后才有了《三人行不行》《吉祥公寓1802》《驴得水》《破阵子》等舞台剧的出现。

“舞台上没有任素汐三个字，她上了台就是角色，也只有角色。”“走红”之后，茜茜心里也嘀咕，她会不会变？结果完全没有，电影宣传期结束，任素汐还演出了4场舞台剧版《驴得水》，下了戏茜茜开车送她回家，跟平常一模一样，“还是大傻子，哈哈哈没心没肺的样儿，外界的那些她真的不怎么关心”。

一场合作下来，《驴得水》中校长的扮演者大力也轻易觉察到任素汐的不同，以前演戏碰到年轻女演员，关心最多的是衣服好不好看，镜头漂不漂亮，戏份是不是足够。

但在片场，任素汐最多的话是：“力叔，我这么演对吗？”

大力另一重身份是山水画家，还是文化部的专家，进组的时候还带着老人家的持重，“不能上来就说裤腰带以下的事儿啊”。

但是“孩子们”最终说服了他，特别是跟任素汐的几场对手戏，“这孩子让我想到了莫泊桑的《羊脂球》，所有人都利用她、诋毁她，但这孩子心是干净的”。

任素汐演出了这份干净，大力说，从表演上来说，这并不容易，多了让人厌恶，少了缺乏力度。“素汐说这个角色她琢磨了5年，有这个心力，什么演不成？”

这把年纪，欲望该退场了

临近年底，任素汐终于录了一场综艺节目。这一度让身边的朋友很着急，应该趁着《驴得水》热映的时候多去露露脸，“要不热度过去了，谁还记得你啊”。

她倒是不为所动。这次终于破例是因为对方前前后后邀请了4次，“实在不懂得怎么拒绝别人的真诚”。而且节目的主题是“匠心”，讨论的是在嘈杂的时代里，如何内心坚定地做一件事。

窝在座位里，任素汐畅想了一下，要是“爆红”出现在自己的18岁，而不是28岁，那样的人生肯定会完全不一样。小姑娘时，会有欲望，会不坚定，会不知道自己真正想要的是什么。谢天谢地，不早不晚，“一曼的馈赠”出现在自己的28岁，任素汐说自己已经变得没什么野心了，自己想要什么，不想要什么，比过往任何时间都清晰。

她不想当一个橱窗里精致的玩偶，那种连笑容的弧度都被精确计算的流量明星。那个要靠没完没了的绯闻、炒作还有肉毒杆菌和玻尿酸填充的世界，对她来说没有任何吸引力。

所以推掉了走红后找上门的大部分工作，借着张一曼给的声名，好多剧组想请她演一个角色，她和同伴说想先看看剧本，对方说，“剧本还没出来呢”。

舞台之外的世界，乖张而疯狂，较真儿倒显得突兀了，任素汐要努力学着适应。别的女明星忙着嘟嘴卖萌自拍，她在微博里贴出斯坦尼斯拉夫斯基的名言自省：要做人民的艺术工作者，不做宫廷的艺术工作者。

我开玩笑说，你这哪是没野心，你野心大大的啊。

她哈哈哈哈一串笑，依然是张一曼式的魔性。

舞台上的皈依感

任素汐是双子座，非常典型的双面性格。A面的她，开朗爱笑，嘻嘻哈哈看不到烦恼的山东大妞儿；B面的她，却被一层似有还无的孤独感笼罩，蒜皮儿不是雪花，她却信着。

幼年失去父亲，但说起来，她脑海里都是有意思的事，跟父亲一起偷妈妈的钱，一起去海边挖海蛎子吃，过早经历人生的离别，比旁人倒是多出一分通透。

任素汐说，崩溃之后的张一曼其实是有愧疚的，她会想，如果不是我，或许一切就不会这样，虽然她什么也没做错。

她能理解一曼的愧疚，也说起了一些过往的不开心。她自己没怎么经历青春期，早早地就被逼着成熟懂事，不给任何人添麻烦。但是她又特别不愿意去强调自己的不快乐，这一点也像一曼，经历诸多的不自由、不快乐、悲伤和离别，但是她的样子一直是没心没肺的。

这个时候演戏成了一个好出口，任素汐试过去电视台当编导，很早的时候也跑过剧组打酱油，但是只有在舞台上演戏给了她结实的皈依感，到了台上心就静了。心思敏感的人都有神性的一面，她满脸虔诚地说，戏剧最早源于祭祀，连接着万物和众生。喜欢演戏，迷恋体验派，是因为演戏的过程也是把自身经历外化的过程。

让老演员大力觉得任素汐的能力不可限量的是剪头发和花海的两场对手戏，年纪小的观众可能会疑惑，不就是剪个头发吗，怎么就疯了？

“那是他们没经历过那个年代，不知道疯狂的年代是什么样子。对一个女孩儿来说，当众被剪了阴阳头，跟被扒光了强奸没什么区别。”

剪头发的时候大力甚至抗拒拍这段戏，“太不是东西了，一个好好的姑娘我们给人糟蹋成什么了”。所以到了张一曼在花海里采花，校长让她躲到屋里去的时候，两个人的情绪都复杂到了极点。

大力需要演出来愧疚、担心、因恐惧而生出的紧张，而在任素汐的眼睛里，大力还是看到了经历那么多伤害之后的体谅，“那时候没有戏，素汐让我能原谅自己了”。

“演员”两个字挺沉的

“要不咱俩说说我的长相吧？”聊得high了，任素汐主动说。长相的话题原本不在采访计划里，看出我的犹疑，她说，“你没见那么多观众说我长得像驴吗？”

然后哈哈一顿笑。洒脱不是能装出来的，她是真的不在意。

没公映时有提前场次的观众因为她的长相而阴谋论，觉得她一定有了不得的靠山，她乐呵呵地转发攻击自己的微博，“不要因为我不喜欢我们的电影啊”。玩笑开够了，她又一脸严肃。她觉得自己的长相刚刚好，捯饬一下能看，放到人堆儿里也不扎眼，这才是天生的演员脸。

不着痕迹、不露锋芒，在她看来是表演的最高境界，演完了重新回到自己的世界泡脚、吃鸭货、看片儿最惬意不过。

她知道自己和一曼是一段互相成就的缘分，但也时时警惕着，不把自己框死在一个角色里。演好一个角色不难，难的是次次都好。一方面，这需要耐住性子，等着时间造化，“演戏这回事儿，熬时辰、熬阅历、熬心气儿，越老越有味道，越老越会演”。

另一方面，在光怪陆离的演艺圈，也需要抵挡得住诱惑。《驴得水》之后，一个著名导演找到她，让她演一个网红。那是一个任素汐很喜欢的导演，但是左思右想，她还是跟对方说了不。她觉得自己驾驭不了，所以不去贪心。

这大约是只有舞台剧出身的演员才有的自律和严苛，观众买票来看你的戏，如果你这场演不好，人家下次就不来了。

我说为什么对自己要求那么高，这个圈子里，用替身、抠图的明星一抓一大把，任素汐悠悠地回答：“每当看到这样的新闻都会很难过，‘演员’是挺沉的两个字，怎么能这么糟蹋呢？”

渡人的菩萨

走红之后的一个苦恼是不知道怎么应付网上的那些断章取义，什么“任素汐：张一曼没人演得比我好”，她看了浑身发麻，她的本意是说，一曼这个角色跟着自己成长，她身上有很多自己的影子。

怎么和所谓的圈子相处，是任素汐要努力学习的事。她不愿意因为外界的纷扰而改了自己的本心：我在这儿，做好自己的本分，如果还有流言追过来，那就去他的吧。

她提到台湾知名戏剧人李国修，许多年前，正是因为后者的《三人行不行》，任素汐才被戏剧圈所熟悉。她说起某次在排练厅，自己拿着块饼拼命往嘴里塞，李国修调侃她："少吃点饼吧，你看你腿那么粗，可怎么当菩萨？"

任素汐蒙了，什么菩萨？

李国修说："演员跟菩萨一样，是来渡人的。来，你的饼给我吃一口。"

多么悲伤的事，在任素汐那里都有个温暖的底子。后来李国修突然离世，在侧幕条等着上场的任素汐听到消息，拼命忍着不去崩溃痛哭，她觉得自己根本撑不住，但灯光一亮，那场戏还是要演好。

回忆这段的时候，任素汐没能忍住眼泪。李国修既是恩师，也像父亲，她迷恋那一代戏剧人的老派，没什么私心杂念，一生就做一件事便觉功德圆满。

任素汐会忧心忡忡地说起对行业的担忧 ：“钱很多，泡沫很多，但好故事却没有。”比较难过的是，到目前没有一个新的话剧剧本找到她，这也侧面反映了戏剧行业的不景气。

但她倒也不急不恼，《驴得水》算是磨出来了，肯定还会有下一个。

去年12月8日，任素汐连演了四场《驴得水》的话剧版，电影之后，话剧一票难求。谢幕的时候，任素汐的名字出来，全场掌声雷动。

她捂着脸哭了，后来我问她，为什么哭了，原以为她会说电影之后重新回归舞台很感慨之类的话，结果她很自然地说，“就是又回到一曼的角色里了，演这个戏快两百遍了，她还是能打动我。”

最㞞的少年唱了首最丧的歌，成了最红的那一个

文：李悦

那些看到镜头就忍不住挤眉弄眼、恨不得立刻成名的人一定想不到——角落里那个最不起眼的少年，会是他们中最红的那一个。

1

原本，所有人都以为毛不易是来搞笑的。

他在一档名为《明日之子》的真人秀节目中亮相，留着黑色

西瓜头，脸盘有点宽，小小的眼睛藏在黑框眼镜后面，微微驼背。第一次上场之前，他为了壮胆喝了三两白酒，眼神已经有点“飘”了。鼓足勇气开口做自我介绍，发现话筒没声，只好回去重来。第二遍还是没声，只好再回去来第三遍。

“业余巨星”，毛不易这样介绍自己。“巨星”是他私下里的外号，参加节目时特意加了“业余”两个字，为了“让自己显得谦虚一点”。职业——男护士，周围有笑声。“那也不能是女护士啊。”他抗议道。

亮相的第一首歌叫《如果有一天我变得很有钱》，歌是毛不易自己写的，歌名刚报出来，坐在对面的主持人张大大已经哈哈大笑。好不容易坐定开始弹唱，刚唱了一句，琴弦又崩断了。

毛不易初次上场，琴弦就崩断了。

终于处理完各种状况开始唱歌，他的第一句歌词大意是——如果有一天他变得很有钱，就要躺在世界最大最软的沙发里，吃了就睡、醒了再吃，这样先过一年。

毛不易在节目中唱的前两首歌都是这样的“白日梦”风格，另一首叫《感觉自己是巨星》，歌词里唱到，每当生活让他想死，他就告诉自己“巨星只是在扮演平民”。

评审苏运莹夸他歌写得好，他脸上的得意快要溢出来了，却撒娇地说：“哎呦，哪儿有那么好啊。”

所有人都知道，毛不易是个有点小才的年轻人，但这点“小才”似乎又仅仅够博君一乐，他的人气在所有选手中一直很靠后，随时有可能被淘汰，好在薛之谦一直在“保”他，因为在那首《如果有一天我变得很有钱》的后半段，毛不易突然变了画风唱出了这样的歌词——

如果有一天我变得很有钱
我会买下所有难得一见的笑脸
让所有可怜的孩子不再胆怯
所有邪恶的人不再掌握话语权

这让薛之谦觉得毛不易应该不只是来搞笑的。但毛不易始终一副不温不火、不着急也不积极的样子，保了他很多次的薛之谦终于急了，说：“你这样的歌拿去发片会死得很惨。”毛不易终于有了反应，发了条微博："我真的有很多抒情的歌，并不单纯是喜剧角色。"

紧接着，在下一期节目中收起对自己嘻嘻哈哈的调侃，认认真真地坐在舞台上唱了自己写的《消愁》，整首歌4分钟，那4分钟内，现场是一派从未有过的安静，4分钟后，一切都变了。

毛不易在《明日之子》上演出。

《消愁》中，少年带着梦想走进欢乐场，"各色的脸上各色的妆"，在角落里固执地唱着苦涩的歌，端起酒杯，一共八杯酒，分别敬了朝阳、月光、故乡、远方，也敬了明天、过往、自由和死亡，酒过三巡后也似乎参透了人生的真相——"天亮之后总是潦草离场，清醒的人最荒唐"。

薛之谦说看到这歌词想给毛不易跪了，杨幂听罢问毛不易："你到底被生活甩了多少耳光？"节目直播还没结束，《消愁》在QQ音乐上的评论量已经破千，随后是24小时播放量破千万、连续一周蝉联金曲榜榜首、周播放量破亿、朋友圈刷屏……

在习惯造神的社交网络里，毛不易成了年少版李宗盛、中国版Bob Dylan，仅仅凭借一首歌，他就红了。

2

“歌是好歌，就是有点费烟。”有人在《消愁》的播放页面下留言道。至于这首歌为什么能够在一夜之间爆红，大多评论都会提到一个字——丧，那种“清醒的人最荒唐”背后令人无奈又无解的丧。

在唱过“如果有一天我变得很有钱”和“假装自己是巨星”之后，观众们用“萌”来形容毛不易，而《消愁》之后，这种“萌”也变成了“丧萌”。知乎提问“如何评价毛不易”的回答中，有人说他像周星驰电影中的小人物——出身底层、很㞞、很逊，但却有一种十分动人的盲目天真。

毛不易的确很㞞。

当初考大学时，因为分数原因被调剂到了自己并不喜欢的护理专业，但害怕重考最终结果更差，想想“家里如果能有个懂医的人也不错”，于是就接受了。

报名《明日之子》之前并没有详细了解这到底是个什么节目，还以为和以前参加的浙江省十佳歌手差不多，等到知道了，也来不及后悔了，只好喝点儿酒硬着头皮上。

这种“尿”某种程度上也构成了他的“丧”——基本不会主动去创造什么，能接受就接受，没有一腔热血地想要做成什么，至于自己究竟能做成什么，没想过也无所谓。“我自己确实比较懒，没有那么积极，不是每天都充满了正能量的那种人。”毛不易说。

这和他的成长经历多少有点关系。

他出生在一个公务员家庭，父母是“老来得子”，家里和他同辈的亲戚几乎都已经四五十岁，外甥、侄女们也就比他小个一两岁，因此，他没感受过太多来自家长“望子成龙”的压力。小时候，母亲带他报过一些兴趣班，但真的就是兴趣班，想学就学，不想学就算了。长大后，他从哈尔滨去杭州上学、唱歌、文身，父母都没干涉过。

这让毛不易在一种几乎没有要求的环境中长大，他对所谓“一定要做成什么”也没有概念，在同龄人都咬着后槽牙、一腔热血地表达愤怒或励志时，他是闲散的、松弛的。

尽管父母对毛不易诸多疼爱，但实际上他们之间并没有太多精神上的交流。来参加比赛这件事，毛不易并没有直接和父亲说过，直到播出后有了一些反响，亲戚们知道了才传到父亲耳朵里。

不善言辞的父亲想表达对毛不易的支持，但又抹不开面子给他打电话，只好请自己的朋友代劳。“毛毛你还记得我吗？我是你张姨，哎呀你爸最近特别关注你，你那个节目他们每期都在看。”挂了电话，毛不易震惊于父亲竟然为了他学会了用网络看视频。

节目组需要用到小时候的照片，父亲特意从车库里翻出家里的“古董”，一张一张翻拍给毛不易。手机频繁震动吵得他无法入睡，他给父亲回复了一句“谢谢爸爸，别发了”，但这句简短的文字很快就被接连不断涌进来的照片冲出屏幕。手机终于消停了，毛不易一数，父亲已经发过来的照片有60多张，其中还有很多重复的、没拍好的。

至亲之间如此内敛的表达方式，让毛不易的性格里始终有种旁观者的疏离感。刚开始录制节目的时候，彼此并不认识的选手们一见面都在互相寒暄，只有他拿个小本子在旁边记录，一言不发。“前面几次在湖南录制的时候，我全都是在人群之外站着的，因为我不知道怎么去跟大家说话，而且那个时候人很多，大家都很嗨，我就想怎么这么嗨？不知道怎么跟人家说话。”

但正是因为这份疏离给毛不易制造出了一个观察周遭的空间和距离，再加上天生的敏感，他的歌里才会出现一种与22岁年龄不符的冷静——我不说，但我都看在眼里，而且比你们都了解。

毛不易还记得他写的第一首成型的歌叫《出嫁》，是写给自己表姐的，歌词是这样写的——

姑娘你要出嫁，离开了你的家
天边的余辉啊，采一片做头纱
姑娘你要出嫁，明天它太远啊
天边的白云飞，踩一朵做白马

但写完后他又㞞了，没敢拿给姐姐听。“太悲了嘛，在婚礼上唱这么煽情的歌也不合适。”后来他把歌传到网上，姐姐才听到。

“那她有给你一些反馈或者评价吗？”

“好像也没有，她和我说你能不能在我婚礼上唱那个《最浪漫的事》，我赶紧说可以，可以。”

3

毛不易至今做过最特别的事，应该就是初中时给自己改名为“毛不易”，“不易”并不是不容易的意思，而是“不改变”。

《消愁》爆红后，周遭每一个人都显得比毛不易更激动。

节目里，在他接连拿出几首走深沉风格的原创歌曲之后，薛之谦对他的夸赞升级为“正走在成为周杰伦和林俊杰的路上”，主持人张大大断言他已经在为华语乐坛做贡献，杨幂则说他“不露锋芒才是真巨星”。

薛之谦感叹毛不易是自己见过的年轻一辈中，写词最有灵气的人。

他的粉丝给自己取名为“暴发户”，并连续两期用超过四百万的支持票把他推举成人气王，记者们一批又一批地赶到北京郊区的某影视园，举着话筒追问他所有的生活细节……

只是，毛不易真的没什么改变。

他说起话来眼睛里总是带着羞涩的笑意，嘴巴习惯性抿着，手不时拉一拉黑色渔夫帽的帽檐，企图把大半张脸都埋在里面。“今天没来得及洗头。”他解释道。

他不善言辞，满嘴都是大实话——之所以能写出像“清醒的人最荒唐”这样的歌词，并不是因为经历多，而是因为内心戏比较多，很多看到的、听到的都会留在心里；一夜爆红和写的歌被捧为“神作”的感受都是“还可以吧”;《消愁》红成这样“算是一种惊喜，但好像也没那么喜”；至于“少年李宗盛”和“中国版Bob Dylan”，他则说“那个不是对我的鼓励吗？我还能真把这些话当真啊。”

毛不易喜欢小S，采访中提及小S会忍不住拍大腿。他形容小

S“放得开、聪明、幽默、有分寸”，那是他很想成为但又做不到的性格，其中“有分寸”尤其重要。

同学周婷（化名）至今记得，上大学期间，她所在的文艺部曾经找毛不易给一个活动帮忙，结束之后她给毛不易准备了点礼品，但毛不易再三推辞，一直重复着“谢谢谢谢”“没关系没关系”“不用不用”，来来回回拉锯了无数次就是不肯收。最后周婷只好主动结束对话，说：“学长你别回复我了，我习惯最后一个回消息。”没想到毛不易还是回复了，说：“我也是这样。”

周婷说毛不易是一个内心世界极其丰富的人，只是不太爱表达，只好把自己的内心戏都“憋”成一首首歌。

也正是对“有分寸”的要求，这些“憋”出来的歌也很有分寸——无论是喜是悲，调侃或者感怀，都是点到为止，一切都是淡淡的。不歌颂希望，不渲染成功，不打鸡血、不洒鸡汤，一副“生活就是这个样子，没必要太较劲”的模样，但即便是这种“丧”，也不是带着怨气的颓废，甚至还多多少少透着一种暖。

《消愁》之后，毛不易又唱了一首自己的歌《像我这样的人》，开腔又是似曾相识的自我调侃：

像我这样优秀的人
本该灿烂过一生
怎么二十多年到头来
还在人海里浮沉。

但到最后，这首歌其实唱的是所有人——

像我这样迷茫的人
像我这样寻找的人
像我这样碌碌无为的人
你还见过多少人
像我这样孤单的人
像我这样傻的人
像我这样不甘平凡的人
世界上有多少人

几个月前，还只是一个普通大四学生的毛不易曾经在微博上形容自己“很难从生活中得到快乐”。那时他正面临毕业，不知道未来会怎样。“目前为止我对所要面临的任何变化完全没有任何想象。五月份实习结束后，我会在哪个城市平凡地生活？从事一份什么样的工作？微信里又会多出哪些好友？期待，但更彷徨。”

几个月后，“未来”如期而至，完全超出他的想象，他也似乎还没有做好准备——选手在舞台中央一字排开，有人拥有雕塑一样立体精致的脸庞，有人可以随时随地透过摄影机对着观众放电，有人能歌善舞还出国当过练习生。角落里的毛不易依旧很“原生态”，镜头扫过的时候总是下意识地往人后躲。

中国内地的大众选秀来到第12年时，终于迎来了一个不会贩卖“音乐梦想”的年轻人，他带着他的“㞞”和“小确丧”，说：“如果我的歌能给别人一些力量的话，我希望告诉他，生活里的事，梦想也好感情也好，你想要坚持就去坚持，不能的话也没关系。”

林生斌：余生漫长

文：卫诗婕

墓室是林生斌亲自挑的，近30平米，靠着人工湖，因为“他们都喜欢湖水”。每一座墓穴都经过他的精心设计——妻子的碑上刻有一架古筝，孩子们的墓穴下缘用黑白大理石拼成了钢琴键盘的图样。四座墓碑呈“十”字形排开，小贞与女儿阳阳的碑竖排列在中间，怪一和潼潼的分列两旁。林生斌说，还是让两个儿子守护妈妈和妹妹。

墓碑上刻着八个字：今生缘浅，来世再续。

白色的四具棺木，分别印有不同的彩色花样。百合、足球、蝴蝶、鲸鱼。

代表的依次是：朱小贞、林柽一、林臻娅和林青潼。

他们是林生斌的妻子、大儿子、二女儿和小儿子。林生斌穿着黑色双排扣西服，站在送灵队伍的最前方，手捧着四人的遗照。遗照是一张合影，照片里朱小贞怀里抱着潼潼，柽一和阳阳分别站在她的两侧。

殡仪馆内没有第二支这样长的送灵队伍。

队伍从告别厅的边门出来，通过一条通往室外的约70米的狭长的走廊，象征着亲人陪同逝者走完此生的最后一段路程。走廊的尽头往左一拐，走个“之”字，不远处就是火化室。

林生斌走得很慢。火灾发生后的第160天，这是他不得不面对的告别。

就像他说的：“我的余生就这样开始了，无论过去还是现在，这都是我不曾选择的人生，也是我完全没有准备好的人生。”

一场纵火案，烧掉了他平滑美好的人生轨迹。这160天，他试着开始另外一种余生。

丢失的记忆

追悼会前两天的夜里，林生斌梦到了女儿阳阳，梦里她正用英语介绍自己。林生斌冲过去抱她，抱不动。她又长高了。

做梦有时候是保留记忆的一种方式。林生斌说，他常常在梦里不愿意醒过来，想在梦里多陪陪他们。

火灾烧掉了很多记忆。电脑在书房，烧掉了。单反相机火灾的时候放在客厅的柜子里，烧没了。朱小贞的手机在火灾现场泡了太久，没办法复原。林生斌的手机因为和他一起掉落瀑布，摔坏了。

很多照片就这么没有了。“这是最后，最珍贵的记忆”。朱小贞不是一个特别喜欢照相的人，她和林生斌的合影多是大儿子柽一拍的。

烧毁的房子林生斌很少去看，家里人把钥匙拿走了。之前去一次哭一次，一进门就能感受到孩子们的声音，“他们在里面捉迷藏”。

唯一能留下来的气味是放在储藏室里没被烧掉的冬被和枕头。现在的他还是会在床头放两个枕头，睡在自己习惯的那侧，盖着以前的被子。林生斌总觉得，孩子们和小贞还会在他睡着的时候回来。就像从前他和小贞睡着了不关门，孩子们半夜随时会跑来一样。

他神情恍惚了很长时间。

朋友阮岳峰还记得林生斌事发当天晚上像疯了一样大喊大叫的样子。

接下来的40多天里，他很少吃饭，只喝水和抽烟。两天能抽掉一整条烟。睡不着，总会熬到早上四五点钟。有时候没睡几分钟，又突然从床上跳起来，像在找什么东西一样。等回过神来，自己躺下哭。

能安慰他的是床头妻儿的照片。早上起来，跟他们说说话，晚上睡觉前，跟他们说说话。

身体的惩罚

他甚至会有负罪感，一种“我还活着的负罪感”。

这样的状态一直持续到8月2日，被一场意外中断。

前一天晚上，他在江西云居山一座寺庙受礼成为皈依弟子。清晨4点，林生斌离开寺庙散步。因为精神恍惚，在一道瀑布前踩空一脚滑了下去。滑下30米高的斜坡跌入底下的池塘。背后是直泻而下的瀑布，发出轰隆隆的声响。前天晚上刚下了暴雨，塘子里的积水很深，林生斌一下被冲出很远，直到他抱住一块石头。

他直愣愣地站在水中，看见自己的白色T恤被染红了，便伸手去摸，什么感觉也没有，只见到满手是血。没有恐惧，也没有呼救，他感到很平静。

不知过了多久，二舅子朱庆丰顺着竹子爬下斜坡，用手将林生斌围住，见林生斌仍然呆呆的，他冲他大吼：“你一定要撑住！”林生斌逐渐恢复意识，顺着斜坡攀爬，脚一踩，钻心地疼。

很长一段时间家人不敢开口问他跌落瀑布的原因，怕是他想不开一时寻了短见。他们只是每天来到医院照料林生斌的饮食起居，不多言语，一直待到很晚才走。三个月下来，哥哥林生锋瘦了20多斤。

病床上的日子难捱。被送进急诊室的那天晚上，林生斌梦见了孩子们来看他。两个儿子跑得满身是汗，潼潼跑着跑着摔倒了。他一急，梦醒了。

除了心理上的疼痛，肉体上的苦也被他尝遍。林生斌的脊柱骨折，前额、右臂、右胯等多处骨折及挫伤。最初一周，一睡着大腿便开始抽筋，一个小时抽一次。家人看得心疼：“一个大男人，都疼得嗷嗷直叫。”

“那时候真希望自己就这么一走了之。”他依靠药物入睡，终日昏昏沉沉。

睡不着的夜晚，林生斌感到像溺在水里难以呼吸，憋到尽头终于浮上水面透口气，周而复始。他频繁地发微博，诉说自己对妻儿的思念。一天，他翻到一条评论批他“卖惨博同情”，他在意了，他开始克制自己的宣泄，“怕大家听多了会厌倦”。

情绪总需要找到出口。他找来一些影片、书籍，一边看一边哭。他看《海边的曼彻斯特》，影片的男主人公同他遭遇相同——三个孩子葬身火海。当男主角说出台词“你不明白，我的心里什么都没有了”。林生斌感同身受，他说：“那是一辈子的烙印。”

他拒绝了向心理医生寻求帮助的建议，因为“心理医生会让他忘记”。“我宁愿忍受这样的痛苦。”今年10月在“每日人物”对他的采访中，他为自己的固执解释：“我不愿忘记，也不愿放下。”那次采访，他常常会有大段大段的沉默。面对他，很难说出安慰的话，他也明白。他常常自己索然，“只有时间，其他人也没办法”。

而时间就像他说的“老婆孩子离开后，时间越来越慢，越来越慢”。

“我应该去面对”

很多人跟他说，一切都会好的。怎么会好呢？林生斌说：“心痛永远不会好了。”

有时候他也想找个理由，为什么偏偏是我，怎么这么不公平？周围的朋友跟他讲前世因果开导他，他也听。

尽管几乎每天都有人来看他：家人、朋友、志愿者。“但没有人能和他进行深度交流。”徐华剑说。

徐华剑是林生斌的发小，林生斌跌落瀑布后，他辞了家乡的工作贴身照料这位打小的玩伴。他成了林生斌的司机。林生斌出院后，徐华剑便住到林的租住处，成了出事以来与林生斌相处时间最久的人。

他告诉记者，在一天的大多数时候林生斌仍然以沉默居多：“看起来很多人陪着他，实际上没有任何人能够陪到他。”

家里热闹时，林生斌“也尽量表现得合群”。

朋友们常带林生斌出去散心。男人之间的交流总有些粗犷笨拙。林生斌陷入悲伤的时候，哥们常常用笑话逗他，朋友周正清说："他也笑，但笑容只是一瞬间的。"

没有人提起朱小贞母子，甚至在一些时候林生斌主动提起时，男人们会粗暴地打断："你要振作起来，现在没有资格悲伤，等事情都处理完了你一个人想怎么难过就怎么难过。"

"我常常觉得自己可以去面对了。"林生斌说，"但是某件事情、某个场景，一下子又把我打回原形。"

看见妹妹的女儿放学回来，穿着和阳阳一样的校服、舞蹈服，他立刻出了神。哥哥的孩子坐着看皮皮鲁，那是儿子经常看的，他也会突然感觉是儿子坐在那里。

家人因此格外小心，回避一切让他触景生情的可能，小的和孩子相关的物件都收起来。今年中秋林家人没有团聚，四个老人也没有一起吃饭，吃饭做什么呢，"见面也只能一起哭"。

哥哥林生锋和妹妹云婷两人陪伴着林生斌。

小时候，兄妹三人常常结伴到山上砍柴。柴火背在身上越走越重。哥哥常常帮他扔掉一些，再扔掉一些。回家的路很长，兄妹三人总是形影不离。

现在的路也一样。

林生斌对此十分感激，生怕亲人们担心，不敢任由自己沉浸其中。他没有太多释放情绪的机会，很多时候，他坐在房间里哭，隐约能够听到父母在房外抽泣。他不敢哭了，知道自己一旦难过，老人们会跟着难过。

他很少在人前落泪了。最近的一次是他收到一个来自网友的包裹——一个精心制作的水晶相册，他毫无防备地打开，网友在图片下配上了他微博中的文字。

翻看着照片和文字，林生斌突然痛哭。

那天晚上，他捧着水晶相册进房，关上了房门。第二天，家人们要把相册拿走，他不肯，把相册藏在了枕头底下。

徐华剑回忆这一幕的时候哭了："他说，'我应该去面对，而不是躲着，我要感觉他们在我身边……'"

支撑

他相信灵魂的存在，相信妻子和孩子们可以看到他，所以他不能不好，不好了他们会难过。他也只能相信朋友说的，化悲痛为力量。去帮帮别人也许会好，“把对他们的思念作为一个爱心传递”。

皈依了之后他会去一些寺庙。杭州近郊富阳有一座永安山，山上有一个极乐寺。寺里至今仍靠接雨水生活，庵里的尼姑很少下山。

林生斌到寺里看过之后，出资帮尼姑们打了口井。

他看起来很正常，尼姑庵的住持心智开始不知道他的故事。两个人聊天，林生斌知道心智是东北人，回去之后给她寄了五箱她家乡的黄元帅苹果。是她很久没吃过的家乡味道，“我吃过的最好的”。

后来她听人说了林生斌的经历。她没有直接安慰林生斌，只是说了自己出家的因缘：她曾经很想赚钱，但后来钱有了，父亲却因病离开了。她对林生斌说，自己没有勇气面对下一次生离死别的痛苦。

她说，有一天我们会离开，要为死亡和分别做好准备。林生斌沉默地听着。

有一次，他对心智说，晚上的时候非常想他们。心智听着，什么也没说。

11月末，“每日人物”记者在极乐寺看到了那口几近完工的人工井。它深达181米，一旦完工便能将山下湖泊中的水抽调上来，供应到寺庙的水龙头里。这口井的打造需要约8万元的人工成本。

“帮助她们打的这口井，更像是在帮助我自己。”林生斌在微博写道，“既然放不下，就把这份思念化生在这份清净中。”

他会去福利院，也会在九寨沟地震的时候想做些什么。林生斌一次次在微博上向网友致谢。他知道有一些不入耳的评论，“我几乎不看”。

他曾被称为完美受害者。他有自己的自持和尊严。

今年8月以来，林生斌在每一次采访中都回避了保姆莫焕晶的有关话题。“一提到她，我的心里就堵得慌。”那是他面对提问时唯一给出的回答。他不愿与人谈论她，佛家忌恨，他无法做到释怀，能做的只有沉默。

支撑他的还有案件的进展。

他从未放弃，一直在等待保姆放火案的案子开庭。

他不打算对保姆莫焕晶提起民事诉讼。在和记者聊天的时候，他常常会问一句，你们还会关注吗？还会继续关注下去吧？

他害怕被遗忘，因为他需要一个交代。“他们必须要给个交代，只有这样子，我这辈子才能慢慢慢慢地走出来。”他要打起精神，寻找真相。

在得到交代之前，葬礼是一个小的休止符。

“他们入土为安了，我也心安了。”

葬礼

经过160天，他觉得自己可以承受也应该承受这次告别。

11月27日追悼会的前一天，彩排持续到晚上。林生斌站在告别厅的中央，指挥工作人员进行最后的排练：灯光、花艺、音乐、放映……确保万无一失。

他走到厅前的四张遗像前，指出大儿子桎一的那幅不行——和其他三张个人像不同，照片里的桎一站在一块黑板前，在构图的最右侧，人像小小地缩在一角。

“换掉，这个和其他三张放一起不和谐。”林生斌的语气听起来更像是处理公事。

电子屏上滚动播放着朱小贞母子四人的照片，每一张都经过了林生斌的严格筛选。

妹妹云婷瞅了几眼大屏幕后没忍住，不作声地流泪。林生斌面无表情地经过她身旁，目光并没有停留，他的眼神扫过大屏幕，环视整个礼厅。

这场追悼会筹备了一个月。不同于普通的悼念仪式，现场没有任何花圈和挽联，取而代之的是连片的芦苇。林生斌向我介绍，那是他为了“营造意境”所精心挑选的，他说，妻子文艺，一定喜欢。

在林生斌眼里，朱小贞是文艺而聪明的。三个孩子都大了，她终于有了点自己的时间，她想学蒙氏教育。闲暇时常弹古筝，练毛笔字。妻子好学，儿子学英语的时候她也会学，对着电脑跟老外一对一地聊。

谈起这些，林生斌看起来很平静——只有在某些时刻他朝屏幕上的照片多望了一会儿，眼眶会湿润。

“希望把它（追悼会）做得完美，不留遗憾。”他望着前方说。

每隔一段时间，他会独自走出大厅，走向室外的空地。点一根烟，或是静静地散步。

告别

11月28日上午10点，林生斌站在火化室的内室，面对着银白色的火化炉迎接亲人的四副骨灰。金属门打开，四具遗骸依次从传送带上运出来：大人的很清晰，以脊柱为主的大副骨架仍在，依稀辨认得出人形，其他的骨灰四散在周围，略微泛黄。孩子的骨架则小很多，约掌心那么长的骨头，一节节地排列着。

林生斌在一边看着工作人员将骨灰一一收完，痛哭不止。一台吸尘作用的仪器被打开，缓缓地在传送带上挪动，发出“嗡嗡”的巨响，几乎盖住了亲人们的哭声。剩余的骨灰被吸进仪器，接着被倒进袋子，裹上红布放进了骨灰盒。

嫡亲们接过四个骨灰盒，依次加入送灵的队伍。

朱小贞的父母没有出席葬礼。出事以来，二位老人因长期服用安眠药肠胃出了问题。担心自己承受不住刺激，老夫妇听从了子女的劝阻。

正午12点30分是道士算出的吉时，骨灰被放入墓穴。工人用和好的水泥涂抹在边缘，合上了大理石盖子。

墓室是林生斌亲自挑的，近30平米。靠着人工湖，因为“他们都喜欢湖水”。每一座墓穴都经过他的精心设计——妻子的碑上刻有一架古筝，孩子们的墓穴下缘用黑白大理石拼成了钢琴键盘的图样。四座墓碑呈“十”字形排开，小贞与女儿阳阳的碑竖排列在中间，柽一和潼潼的分列两旁。林生斌说，还是让两个儿子守护妈妈和妹妹。

墓碑上刻着八个字：今生缘浅，来世再续。

林生斌记得他曾经和妻子聊过谁先离开的话题，两个人为此约好了暗号，以便来世能认得彼此。在火化前，林生斌去告别室里见了四个亲人最后一面。他用马克笔在每个人手上都画了记号。他留下了妻儿们一小块骨灰做成手链。

安葬仪式的最后一个环节，来宾释放手中的气球，以寄哀思。

大片蓝白相间的圆点依次飘浮上天空，越来越远，消失不见。几只气球在飘起的过程中被树枝挂住，数了数，刚好4只。

林生锋找来一块厚厚的木板，伸进树枝里把气球挨个地放飞了。林生斌在远处盯着4只气球，一直到灰白的云层遮住他们。

那天傍晚，天黑得快。直到朱小贞母子4人的超度仪式在寺庙行毕，林生斌才在斋堂用了当天的第一餐。他的语气稍微轻松了一些，招呼"大家都要多吃点"，手脚利落地盛了满满一碗斋饭，囫囵用完了。

吃完饭他放下碗筷，嘱咐身旁的朋友为妻儿的墓地换一块草皮。

"再找两棵大一点的枫树，要好的。你费心一下。"

"明白了。要大一点，直径粗一点，对吧。"

"对，和你一样。"林生斌出乎意料的调侃让饭桌上的大伙都笑了。

林生斌愣了一秒，也笑了。

他在微博上写：一个人的路，显得太长太长，但我会好好地走。

他们总反复问我『还有更好的吗』

一个骨灰盒设计师眼中的生死

文：单子轩

“在失去至亲这件事上，感同身受是个伪命题，除非你同时或者曾经经受。”

我第一次到八宝山上庄东街路口的骨灰盒店，穿着西服的庄宁把客人送到玻璃门外，然后站定，注视着他们离去。隔了三四分钟，他回头看了看在屋内等待的我，犹豫片刻，进来跟我解释，他要向买完骨灰盒的人行注目礼。

这是庄宁家涉足骨灰盒产业的第29年。他目睹了不计其数的生死故事。他向我讲起那些和他萍水相逢的家庭，模仿着他们端详、轻抚骨灰盒的样子——骨灰盒是生者和亡者之间最后的一种联结，承载着生者的思念、懊悔，甚至脆弱无助。

以下是庄宁的口述。

另一个家

木质的、石刻的，雕上莲花、落叶、徽章等各色图案——我是从小看着形形色色的骨灰盒长大的。4岁那年，父亲开始经营骨灰盒厂，那时我还不懂何为死亡，也不知道恐惧，每天在厂子里看着师傅们选材取料、设计图纸、打磨每一个盒子。

直到我小学快毕业时，把我带大的姥爷住进了盒子里。在部队家属院，我懵懵懂懂地在他从前住的屋子里张望着，问姥爷去哪了。“姥爷住在这样的房子里了。”那是我家人挑选的刻着苍松的骨灰盒，象征着军人的坚毅、刚劲。

于是，在我眼里，骨灰盒从一件物品变成了一个人死后的小家。

9年前，24岁的我开始帮忙照看八宝山的骨灰盒店。在殡仪馆斜对面的这家店里，来来往往的人们为他们去世的亲友寻找最后的去处。逝去的官员、军人通常会住进木质的盒子里，传统、纹理精致，再加上底座庄重大气；教师、医生的家属往往会选择石头雕成的，能在入土后经受住更多时间和风雨。

对殡葬行业而言，四季都是一样的。哪个季节都有人死去，在他们身后，活着的人捧着手中的骨灰盒，偶尔会向我回忆起亡者的事情，带着点懊悔和无奈。他们面对亲人死亡的反应也不大一样。

我记得有一个女人，她从早上开始挑盒子，一直到天色全黑。那是火化的前一天，她不得不做出选择。因为店里有六百多种盒子，我一般都会先跟客人讲清楚木质和石刻的区别，再让他们决定。她看中了一个木刻雕花的盒子后，突然又问我："石头的是不是结实啊？"

这一整天里，她来回观察着店里陈列的盒子，不停地嘀咕"这个好像大一点""这个雕得更精致""我不喜欢这颜色"……绕了一大圈儿，她最后买的还是早上用半小时挑好的那只。

挑完的那一刻，她捧着盒子看了半晌，突然一串眼泪哗地就下来了："你以后就住这了啊，我花了好久挑的。"

我渐渐明白，她不是选不出来，而是根本不想选出来。每个挑骨灰盒的人手里都握着一支笔，做完这个选择以后句号就画上了。她就始终拿着这支笔，总想再蘸蘸墨，再画得慢点。

每当有人反复地问我“还有更好的吗”，或者在三四个盒子里面始终做不了决定，我就知道，他们想把画句号的时间拖得久一点，那是他们最后的挽留。

我有一个朋友，他没用多久就为自己的父亲挑好了骨灰盒，却要求亲自来给骨灰盒做保养——去掉浮尘，再用专用的油去润，一点一点顺着一个方向润滑，一遍之后换不同的角度看，没有涂匀就再来一遍。他做保养的时候眼神安详，特别认真。

他父亲患癌，手术成功之后活了七八年。对他来说，那个句号已经画上了，但他迟迟不愿意交卷。

“还有第二个盒子吗？”

不过我总觉得，一个人的死亡，画上的不是句号而是逗号。只要有人还念叨他的名字，他就没有真正死去。

有一对父母，拎着户外运动的背包来问我，要买保存时间长、便携的骨灰盒，他们已经订好了机票，要带着八岁视障女儿的骨灰去环游世界。

“中国数学教育之父”孙维刚去世的时候，我曾把一款名叫“背影”的骨灰盒推荐给他夫人。这个盒子由汉白玉雕成，一头拉着犁的牛坐落在整块做成书箱状重约30斤的花岗岩上。

他的夫人注视着那头牛，顿了顿，摇着头说：“他太累了。不想让他带着负担去那边了，让他过得轻松点吧。”

还有一户人家他们挑选了一个小木房子形状的盒子，在店里反反复复抚摸房子上的瓦檐、窗棱和雕花。他们的独子高考完不久出了车祸。过去的18年里，他们家因为经济条件不好儿子一直睡客厅。孩子的父母说，他们也没本事，眼巴前儿快熬出头了，人却没了。他们想让他死后有个房子住。

来买骨灰盒的客人，几乎从不提起“死”这个字，他们会说“没了”“走了”“去世了”。“死”对于他们大概是一个格外敏感的字眼，他们在心底或许觉得亲友一直都在。我也尽量不说“死者”这个词，而是称呼为先者、逝者。

我格外警惕的还有另一件事，就是被问到“还有没有一样的盒子”。

曾经有一个衣着朴素的老奶奶在借用厕所之后，看起了店里的骨灰盒。她选中了一个金丝楠木的盒子之后突然又说：“我要两个，有吗？”

一般遇到这种情况，我都会说“没有”。实际上，当时柜子里就放着个一模一样的。但我坚持对她说，她身子骨好着，哪怕我的店倒闭了她也会在。

到了火化仪式她来取盒子那天，我看到店门口跟着一堆人从一排豪车上下来。这时我才明白，她大概是想自己一个人做完这事，不想让别人知道她要买第二个盒子。后来，我又接到一次她的电话，依然骗她说没有一样的盒子，她大概是觉得这是注定的，也就作罢了。

在门口的台阶上，我遇到过一个失去儿子的母亲，也想买第二个一样的骨灰盒。我问她干吗，她说：“还能干吗，我儿子没我可不行，我得赶紧办完了事儿去陪他。”那种语气，就像是说吃饭喝水一样，越是平静越让人觉得可怕。

得知她弟弟要来接她，我就说："没那么大的，我再给您儿子挑几个最好的元宝。"然后从仓库里拎出来一个麻袋慢慢地挑，一直拖到她弟弟过来，向他提醒了这件事。

死亡是平等的

许多人会把轻生的心思、脆弱的情绪袒露给我这个陌生人，然后继续在亲人面前故作坚强。

那个从早上挑到落日的女人，第二天领着一帮人来取盒子，声音昂扬地跟身边人说着："这条街我全都挑遍了，从殡仪馆到医院门口的小店，我也算半个专家了，材料、结构、包装，我都懂。"那种神态，和前一天优柔寡断的她判若两人。

2015年的最后一天，我接待了一个长相俊朗身后跟着一群人的中年男人。他像挑一幅幅画一样，来回琢磨着金丝够不够漂亮、颜色深浅如何、大小尺寸是否合适，他为煤气中毒的妻子、女儿和外甥女挑了三个盒子。

直到结账的时候，他身边的人去外面抽烟，或者三三两两地说着话，他在账单上签着字，眼泪突然崩了出来，像是要冲破眼镜。

他的泪水持续了两三分钟。接过我手里的面巾纸，他用虚弱的语气说了一句“谢谢，谢谢”。那一刻，刚刚还是成熟稳重的形象都垮了。我看着他亲人的照片都大方漂亮，女儿看起来只有二十出头。

在失去至亲这件事情上，感同身受是个伪命题，除非你同时或曾经经受。

在骨灰盒店这些年，我印象深刻的多是失去儿女或伴侣的人。送走长辈一样是沉痛的，但多数时候生者都有了心理预期。而越是不可预料的死亡，越让人难以面对。

不过，在这个有太多不平等的世界，死亡可能是唯一一件众生平等的事。无论性别、年龄、财富程度，都要面对不可逆的死亡。有时候，我觉得这间骨灰盒店像是一个人生的终极舞台：对每个生命的总结，不是看生前表现出来什么，而是离去后他人如何怀念你。

看过了这么多生死，我常常告诉父母，想去哪里玩就马上去，不要算计着给我留多少积蓄，我都不要。离开人世时，一切的亲情、爱情、友情都是带不走的。

类似于“死而复生”的事情倒是也在这里发生过。有一对姐妹，给弥留人世的妈妈挑好了骨灰盒，正要输入刷卡密码的那一刻，家人突然来电话说叫他们准备后事的医生把人救过来了。我记得撂下电话的一刻，那个女儿几乎跺着脚要跳起来似的说：“一下午白忙活了。”还向我解释了半天，说不是耍我的。我相信那天以后她们会加倍关心自己的母亲。

在我们的仓库里，一直放着几个订好了之后没人来取的骨灰盒，最久的已经存放了七八年。我脑海里一直在想象着，可能有一天，拆迁拆到了我们的店铺，我拨通那些买家留下的电话时，另一端的人会告诉我，他的亲人在最后关头活了下来，直到现在。

他阻止了334个人自杀，越来越懂得『好人难做』

文：杨璐

“可怜之人必有可恨之处。这些事让我越来越了解人，在走近每一个可怜之人跟他交心的同时，也要对他的可恨之处有所准备。”

从2003年开始，每个周六、周日，南京市民陈思都会骑上电动车到南京长江大桥上巡查，救助在大桥上跳桥寻短见的人。据他自己统计，自2003年开始巡逻以来，他已经阻止了334人自杀。

他因此多次获选“南京市十大杰出志愿者”“南京市见义勇为先进分子”“中国十大杰出青年志愿者”等称号，BBC甚至还花了3年时间给他拍了部纪录片，取名“南京天使”。他也被当地人称为“南京好人”。

但在这14年中，随着救的人越来越多，见到的人越来越多，对这件事越来越投入，陈思越发意识到，救人、做好人，并不是一件简单的事。

以下是陈思的自述。

1

我第一次救人是2000年。那天我在南京长江大桥上看风景，发现一个女孩子一边哭一边把身子探出了桥栏。我吓了一跳，赶紧跑到桥头堡售票处找工作人员帮忙，结果人家说：“这种事天天都有，哪里救得过来？”

我只好拉了几个围观的人帮忙，一起把女孩拖了下来。那个女孩被我抱下来的时候就像一团棉花，全身都使不上劲。

女孩说她本来想来南京打工，结果被骗进了传销组织，找亲戚借的钱全被骗走了，没脸回家面对父母，走投无路之下只好来跳桥。我找人帮姑娘凑了点钱，把她送到了火车站，看着她上了回家的火车。

这次经历让我明白，生命是可以挽救的。

真正让我下决心定期巡逻救人是3年后。那天我一边炒菜一边看电视，电视里放着新闻：一个手上戴满了金银珠宝的男人从大桥上跳了下来，摔在一个花坛边上，脖子上的金项链还反着光。我一看那个场面，菜都炒糊了。

当时，电视屏幕下方还有一行字：2003年9月10日，那天是第一个世界预防自杀日。我那时在南京开一个小商店，收入还不错，那是超市什么的还没起来的年代，日子过得挺滋润的。但这行字让我想起了3年前救人的经历，我觉得自己也可以做一些有意义的事情，就决定利用周末去南京长江大桥巡逻救人。

巡逻的次数多了也陆续救了一些人，我也总结出了一套救人的经验。在桥上，我主要观察那些步伐沉重、神情恍惚的人，还有坐那十分钟一动不动的……总之，想轻生的人都有个共同点：眼里都是空的，眼睛再大也没有神。

发现轻生者后，我会根据他们的性别、年龄等情况跟他们搭话，稳定住情绪。然后把他们带下桥，找个小饭馆一起吃饭、喝酒，让他们倒倒苦水。

最初的时候，我把这件事想得比较简单，就是救人而已嘛，但当你持续做下去之后你就会越来越觉得，这是一件很复杂的事。

有些人没那么快开口，吃饭不能解决问题我就把他们带到附近的小旅馆陪护，等彻底缓过来之后再送他们回家。但没过多久，旅馆老板把房钱退了回来求我不要再去了，“万一他死我这，以后生意就做不了了。”

这是我最初没有料到的。我很理解旅馆老板的想法，从他的角度来讲，这些顾虑都是正常的，我不能只站在自己的立场上想问题，你救人可以，但你要对各种现实状况考虑周到，不要给无关的人添麻烦。

后来，我自己租了一个房子，取名“心灵驿站”，我还会和一些南京高校的老师联系，找一些学生志愿者来帮忙。我们轮班陪那些轻生的人，让他们写毛笔字、下棋……过渡一段时间，等开导得差不多了再联系他们的家人把人接走。

2

除了准备不充分、考虑得不周全，最开始救人的时候我还忽略了一个问题——我救的是人，而人是复杂的，但当时我的经验明显不足，惹了很多麻烦。

有一次，我救了一个得抑郁症的姑娘。我看她在大桥上情绪不是很对劲，就把她带到了“心灵驿站”。刚救下来的那段时间，她只肯告诉我她叫刘帆，别的什么也不肯说。一天晚上，看护的志愿者睡着了，她拧开了液化气的阀门打算自杀。好在我及时发现，要不然就是两条人命。

我给她制定了康复计划，每天早上爬山50分钟、写两小时毛笔字、晚上在体育场快走50分钟、吃大量的香蕉。半年后，她的状况开始好转，越来越信任我，给了我她父母的电话。我给她妈妈打电话希望她把女儿接回去，结果她妈妈说："你直接报警吧，这女儿回来我们老俩口没法活。"我只好让她继续留在驿站。

后来，驿站又来了两个想自杀的女孩。因为陪护人手不够我只能天天待在那儿，差不多连续20天没回家。我老婆就有意见了，说"这三个大美女把你的魂都勾掉了"。

那时候刘帆的病情已经缓解了很多，但就是赖在驿站不肯走，还说要跟我过日子。我知道她是对我产生了依赖，必须戒断。我把她带出驿站很坚决地让她走，但她走到马路上，整个人像"大"字一样趴在路中间。我没办法，又把她带回了驿站。

志愿者和我老婆都来劝她，没想到她跟我老婆说："大姐，你也不爱我大哥，你把他让给我。我哪怕生10个，也一定给他生个儿子出来。"

我老婆很生气，说要跟我离婚，闹了好久。那段时间，我的压力很大，我只好说服我老婆轮流去驿站守着刘帆，我老婆对她的精神状况有了更多的了解后才理解了我。

后来，南京大学的心理学教授凯伦把刘帆接到学校，给她在南京大学图书馆找了一份工作，这个事情才算真正解决。

还有一次，我在桥上救了一个中年男子，连哄带骗把他拉到了桥下小饭馆。他说自己叫王永益，从宿迁来南京打工，在大桥下边开收货站。事业正起步的时候女儿突然被查出白血病。他借了30多万高利贷，压根就还不上，每天都有人上门讨债。

当时正好有媒体找我采访，说想采访一个我救上来的人，我就找了老王，心想媒体的报道也许能帮他筹点儿钱。果然，有个超市看到报道后让老王去超市收纸盒，我也找到了学校，帮他女儿减免了一半学费。他的日子渐渐好转，有空的时候还来跟我做志愿者。

后来，好多记者来采访时都想找一个我救上来的人聊一聊，别人都不乐意，老王是唯一一个愿意接受采访的。我觉得总拉着人家采访占用了人家很多时间，我就得多帮助他一些。

有一个基金会奖励给我一笔奖金，我想着老王住的地方没有抽水马桶，没办法洗澡，也没有空调，就拿出一部分帮他在桥南盖了一栋房子。后来拆迁，他因为这栋房子拿到了十几万拆迁补偿款，然后整个人就消失了，电话号码也换了，再也不跟我联系了。

遇到这种事，我要是说我没有一点不舒服那是假的。但我既然要做这件事，就得接受这些状况，就得尝试去理解他们。就像我们常说的，可怜之人必有可恨之处。这些事也让我越来越了解人，在走近每一个可怜之人跟他交心的同时，也要对他的可恨之处有所准备。

3

除了要面对各种各样的人，处理各种各样的事，我还需要面对的一个问题是：并不是所有人我都救得下来。

这其中，有一部分人是因为赶不及而没救到，这会让我非常内疚，我觉得也许这个生命的消失我是有责任的，有不可推卸的责任。

有一次，我蹲在桥头正吃着盒饭，看到一个打扮得很时髦的姑娘背着名牌包包，踩着高跟鞋，笑嘻嘻地讲着电话从我身边走过，空气里还飘来一股香水味。

这姑娘和我平时遇到那些寻死的人太不一样了，我没多想就继续埋头吃盒饭。结果环卫工人突然对我说："你看那人干吗呢？"我一抬头发现她一条腿已经跨过了栏杆。

当时我离她也就80米左右，我把饭一扔就冲了过去，但等我跑到的时候她已经跳了下去，只见她红色的长发飘在江面上。一会儿工夫，连头发也不见了。

这成了我这些年来最大的遗憾。我一直以为我看人很准，看她那天走路那么轻盈，而且还笑着打电话，我完全没有发现问题。那次误判，我一直都很内疚。

那段时间，我经常梦到那个女孩。梦里的场景和现实一模一样，不同的是，我拼了命地想冲上去，但发现自己怎么跑也跑不动，只能听见女孩狼嚎一般的惨叫声。我总是被这叫声吓醒，好不容易再睡着，梦到的还是一样的场景。

最近这四五年，当我再遇到追过去但人已经跳下去的情况，我会把脸转过来不去看。否则，那些画面我一辈子都忘不掉。

还有一种没救到的是那种反复寻死的人。

印象最深的一次，一个一米八几的男人想跳桥，我们八九个人把他拽过来。抬着他往桥下走的时候，男人突然咬舌自尽，鲜血喷了我一脸。

还有一个25岁的小青年，我发现他时他整个人已经骑在桥栏上了，我只能控制住他的一条腿，然后报警。他被警察带到了派出所，我也跟着去做了笔录。两小时后，我从派出所出来又上桥巡逻。一上桥我就看见那个小伙子一头扎了下去，跳江死了。

另外一个北大女学生的状况也类似。她在桥上吃了100片安眠药，想爬桥栏爬不过去，口吐白沫，吐得像消防栓里喷出来的泡沫一样，我只能报警。警察把她送到医院洗胃，然后把她送到了救助站。她还是没有放弃寻死，从内衣里抽出藏好的刮胡刀片试图割腕，结果被警察发现了。最后她还是在救助站趁人不备自尽了。

这些事让我一度觉得救人没用，因为我个人的力量是如此渺小，我的确救了人，但只能暂时把他们拉回来，后面的路还很长，我做不到的事可能要比能做到的多很多。

4

其实，比起没救到的人，还有一种状况更让我纠结、难过——很多被病痛折磨的人寻死，我拦下来了之后，他们的生活可能生不如死，那么，我救人的这个举动真的是在帮他们吗？

有一次，我在桥上巡视的时候，看见一名中年妇女正将自己的儿子推下大桥，嘴里还念叨着："冤孽啊，我在这世上被你拖累得很，我死了，留你在世上也不好过，妈妈带你一起走。"

我一个手掐她膀子，一个手把小孩给拖下来了。我说，大姐你要干什么啊？虎毒还不食子啊。

大姐说，她丈夫在送儿子上学的路上出车祸去世了，儿子也因此得了怪病，经常毫无征兆地昏倒。她带着儿子去看了好多家医院，花完了丈夫的死亡赔偿金还是没有一家医院能给孩子确诊。走投无路之下，她想到了轻生。

那次，在我的劝说下他们没死成，回了家。后来，我给他们打电话回访，她儿子接的，一接电话就哭了。他说："我妈被逼疯了，拿剪子想戳我脖子，我伸手挡了一下，手都被扎破了。"我再一问才知道，前不久这个大姐被查出得了慢性肾炎，这对他们的家庭来说，完全是雪上加霜。

我给大姐发短信，安慰她说马上就能改变，但其实我知道什么都改变不了。我就像个骗子说些好听的话，骗他们活下去，能活一天是一天。我有时候常常想，我这样骗他们究竟有多大的意义。

这让我想起多年前有一个类似的自杀者跟我讲过一句话："你救了我们，让我们多活一天，等于是让我们多遭一天的罪。"有一段时间，每到周末我去巡桥时，脑子里会反复响起一个问题：把人从桥上拉下来真算是救人吗？我到底在做好事还是做坏事？

那段时间我压抑得不行，都快崩溃了，甚至去了栖霞寺想要出家。住持知道我的情况后告诉我："没有人可以救所有人，你救他是让他有个时间来过渡，不要觉得他们是你的包袱，也不要把全部的责任往自己身上揽。后来的事自有后来人去做，你救下他们，责任已经尽到了。”

他的这番话给了我很大的安慰。这些年，我也反复提醒自己，做自己能做到的，不要和自己较劲，不要苛责自己，尽力而为，顺其自然。

老实讲，最早上桥救人时我是想当英雄的。毕竟，救人的成就感和你开个小商店赚点钱不一样。印象最深的一次，我救过的一个人专程从济南给我带了几桶趵突泉的泉水，来报答我的救命之恩。

这件事也的确让我出了一些名，我拿了很多荣誉称号，还去北京人民大会堂参加过活动。有很多媒体报道了我救人的事，除了国内的媒体还有国外的媒体。还有很多基金会给过我资助。

我和家里人曾经都因此觉得很骄傲、很风光。我女儿有一次对炫富的同学说："你们家再富，也没有那么多的记者去采访。"

但如今14年过后，我只是觉得，英雄并不好当，救人这件事情实在太复杂了。经常有人夸我是"南京好人""南京天使"，但我觉得盛名之下，其实难副。我不是什么高尚的人，也不是什么天使，只是一件事做了这么多年，那就继续做下去吧。

从去年10月起，南京长江大桥封桥维护。我没法再上桥救人了，只能在周末时沿着江南、江北两岸各巡一天。这件事也让我的心情很复杂，大桥上不去了，这一年多我遇到的轻生者数量明显减少，但我发现他们的困难也越来越大，我能给的帮助也越来越有限。

最初上桥救人的时候，我35岁，年富力强，今年我49岁了，真的感觉自己老了。现在巡江时，我会有种体力透支的感觉，一身汗刚出完，转眼又是一身汗，这也让我有种无能为力的感觉……归根到底还是那句话，我能做的非常有限，对不起的还将继续，能对得起的仍需努力。

“孤注一掷”奉佑生：映客CEO如何起死回生成直播界霸主

文：杨红钦

做过公务员的奉佑生，深谙人性深处的孤独和欲望。他谨慎克制又有孤注一掷的魄力。在直播市场，经历了下架、烧钱、巨头碾压等风波后，映客成为直播的符号，这又是一个“成功”的创业故事。“直播本身就是享受孤独的快乐”，他明白，关于直播无聊枯燥的看法是对人的生活状态看得不透彻，“无聊本来就是生活的一部分”。

从风口退下，直播的新局势叫人感到紧张。3个星期前，奉佑生投入了五六十人的力量，全职专攻短视频，映客的办公室里一片忙碌景象。不同于2016年的直播平台大战，经过去年的野蛮生长后，2017年的直播平台迎来新一轮洗牌。

战场已经摆好，对手也已就绪。面对层出不穷的新花样，奉佑生时刻抑制往产品上添加新功能的欲望。这沿袭了映客的一贯打法，极致地克制，但一旦出手，又极致的有力。

在一个一年崛起、两年就已决定行业格局，不规矩的人多过规矩的人，不理解的声音覆盖住沉默的大多数的行业里，奉佑生显得过于沉静。说他藐视大多数直播行业的对手是不对的，事实上，他根本就不关注他的“对手”。这不是因为他生性傲慢或故作轻松，而是他已经抢占了赛道的有利位置，有了更大的野心。

思考问题的时候，奉佑生和映客的标志猫头鹰一样，眼神深远。一旦他闭上嘴巴，停止思考，整个人顿时显得平平无奇，甚至看起来有点无聊，扔在大街上马上就会找不着。你看不到他有通常所说的迅猛发展的互联网企业CEO们的狼性，这让人对映客的崛起感到不可思议。在被问及和自己最佩服的人相比他自己的长处是什么时，奉佑生像通常思考问题时那样放慢了语速，微微睁大了眼睛，嚅动的喉结里飘出几个字："我认为我想得比较透。"

"被下架，死亡的可能性就很大了"

2015年12月，奉佑生开始感到有些不安。这时处于风口行业的映客创立不到一年，初尝传播方式更新换代带来的甜头。直播行业涌入大量的流量，就像中国所有处于风口的行业一样，高速增长的流量背后开始出现了过度营销的现象，难以摆脱的人性恶俗的一面给这个行业带来诟病，挟裹在浪潮里的玩家不免要承受诟病的后果。

直播火得有点快。导火索是17直播凭借王思聪的一条微博，迅速成燎原之势。一时间，直播行业成为风口，一众平台蜂拥而上，媒体报道铺天盖地。据易观发布的《中国娱乐直播行业白皮书2016》显示，就在这段时间，2015年第一季度到2016年第一季度，娱乐直播用户规模由1759万人急速跃升至4738万人，环比增长170%。

火热的背后是扑面而来的关于低俗色情的争议。2015年9月28日，传来17直播因不雅内容被苹果应用商店下架的消息。17直播被下架后，另一款直播应用“在直播”由于成为搜索“17直播”排位第一的软件，下载量激增，但在3天后也因色情内容泛滥被苹果应用商店下架。

奉佑生陷入了紧张中，每天晚上和早上醒来的第一件事就是看看映客还在不在苹果排行榜里。

2016年1月20日，奉佑生的担忧成为现实，4点钟还没睡的他发现映客被下架了。他在股东微信群里发出一条消息：“不知什么原因，映客被下架了。”投资人周亚辉问是不是找积分墙刷榜了，这也是外界质疑的，奉佑生表示并不存在，也不是运营管理的原因。股东群里沉默了。

奉佑生乐观地提出账上还有1亿人民币现金，大不了重新做个APP上线，小步快跑的原则他随时记着。映客做了一个新包顶上去，新包上线，很快又冲到了第一名。

但新包的生命也不长久。上架一周后的晚上11点，还没入睡的奉佑生发现映客又被下架了。临近春节，这让整个公司陷入绝望。此时奉佑生明白，这不是再上一个包能解决的了。

不对外说明原因是苹果应用商店下架软件的一贯态度。但对于下架的原因，媒体却不乏报道和猜测，除了因色情和技术等原因外，苹果应用商店《提交指南》中规定“使用IAP购买实物商品或者用于该软件之外的商品和服务的应用软件将会被拒绝”。此前国内的电子阅读平台“云中书城”、微支付应用Flattr等曾因为支付问题被下架。

没有人告知原因，奉佑生的睡眠时间明显减少，映客迎来了最大的坎。来自公司内外的压力让他焦躁不安，他用尽办法，跟苹果方面跨时差沟通。

“这基本是映客史上最磨难的一次。”这个春节，奉佑生感到度日如年，一个平台被苹果下架，意味着公司死亡的可能性已经很大了。他大年三十仍在公司紧张地讨论策略，大年初二，是奉佑生36岁的生日，他没有在家停留，匆匆赶回北京。

他的策略最初是尝试改品牌，改为映克，攻克的克，但仍然无效。经历了几个波折之后，这位看起来温和的CEO保持着克制，穷尽手段后，最后的办法还是沟通。他把映克关掉，回头来看映客。在建立了跟美国苹果的沟通渠道后，他试图用映客对用户的友好体验打动对方，最终获得了成功。出于开发者协议，奉佑生对下架的原因闭口不谈，在他看来这个已经不那么重要了。

3月17日，映客恢复上架，这中间断断续续被停了40多天。每下架一天都是上10万用户的损失。让奉佑生欣喜的是，映客第二天便冲上了排行榜第一名。

“我现在是没有快乐感的人”

初次接触奉佑生的人不免会觉得，眼前这个带着和善微笑的小个子湖南人跟他背后高调崛起的公司相比，显得有些沉静。他穿着蓝白条纹相间的polo短袖衫，接受采访时，普通话里夹带着湖南口音，他手里把玩着几张名片。厚厚的嘴唇，略显灰黄的肤色，带点腼腆的笑，让人一看就觉得这个人讷于言辞。他刚开口说话时，更容易让人形成这一印象，但说没几句，这个印象就会荡然无存。原因是他先笑了起来，真诚地开始交流，并不时陷入思考，整个人进入了积极交流的状态。他喜欢直面问题，快速简单地解决问题，这很快就把沟通引向深入。

大多数的日子里，8点起床的奉佑生9点来到公司，开始紧锣密鼓的会议。接受采访前，他刚刚结束一场会议，马上示意采访可以开始了。他的生活80%被会议排满，每周只有一天时间陪伴家人。孩子经常会问："爸爸你什么时候回家？"他坦言："我现在过的是一种没有快乐感的生活。"他调侃他做公务员那段日子仿佛才是最快乐的。

很难想到这个互联网创业家曾经做过公务员。出生农村的奉佑生有一对严厉的父母，他们对奉佑生要求很高，"必须考第一、第二名，考个第三名回来就会被打一顿，划不来，所以说要拼命努力读书"。

奉佑生还记得有一次考了第九名，一回来就被母亲一顿抽。这种严厉让奉佑生乖巧了不少，但更深远的影响是帮助他树立起让自己努力追求的目标，内心不敢懈怠。

他1997年毕业后，按照传统的人生轨迹拿到了铁饭碗。像很多不安于现状的年轻人一样，他太不喜欢被人管着，干不愿意干的事情的感觉了。“我感觉我还年轻，不甘心。”做了两年公务员后，渴望自由的水瓶座奉佑生耐不住了。体制固然好，自由价更高，他要去看看更大的世界。

他去了深圳，为找工作奔走。当时制造业发达的广东让只有公务员工作经验的他感到无所适从，他做过行政、运维，拥有IT技能的他对这些工作感到不甘。那是2000年左右，“懂IT的人也不多，我是用程序员的手来制作表格”。

几经辗转，奉佑生在2004年加入深圳华动飞天，成为A8音乐网的第一位工程师。2005年整个音乐业务搬到北京，一做就是10年。到了2014年，奉佑生开始感到做音乐的困难，一个月的收入也很有限，整个业务两三百万的盈收，天花板触手可及。

如何跳出现有的维度，找出一条生路？奉佑生看中了音频直播。和单纯的听音乐相比，音频可以承载的内容更丰富，还可以进行交流，是带有社交属性的产品，能够让用户把时间停留在内，注入感情。这个想法在公司内部受到争议，最后他还是带着五六个人做了一个音频直播产品。当时这款名叫“蜜live”的针对留学生的音频直播应用，上线一个月就几乎达到整个公司的付费音乐收入。虽然用户量有限，但是奉佑生看到了用户对这种互动直播的付费驱动力。

这时奉佑生对人的洞察体现出来：“它带有很强的情感，基本上用户是求着付费，那个时候支付通道非常不方便，用户跟你加微信，把密码告诉你都行，就是为了解决付费的问题。”

美女和帅哥的辩证法

“蜜live”的尝试和反馈，让奉佑生产生了独立做一个视频直播产品的想法。做了10多年的互联网，他沉淀了很多：对于行业选择的理解、对于BAT碾压的切身感受、对于商业模式的思考、对于人性的洞察。从音频直播的转型开始，他的通透和厚重开始在移动互联网的江湖里掀起涟漪。

他仔细研究了国家政策、商业模式和竞争格局，反复推演之后，总结出视频直播的好处：空间足够大，代表未来；避开BAT，能冲出来；形成生态闭环，能赚钱；具有自我爆发、自我传播性等等。基于这些判断，他停止了直播产品的内部孵化模式，开始了独立创业之路。

从音频到视频，团队争议很大，反对方认为不妨在原来的产品里直接加入视频直播，而不是再去做一个独立的产品。而奉佑生坚持独立做视频直播产品，他的理由很简单：做产品要纯粹，别有太多历史包袱，特别是有很多功能性的包袱，你砍也不是，不砍也不是，干脆从一个全新的产品开始做。后来，这种简单至上的思维延续到映客的产品设计中。基于这样的判断，奉佑生果断决定放弃老东家的靠山，独立出来做映客。

作出这样的决定并不会让熟识他的人感到意外。“他是个果敢的人，决策要经过很深入的思考，但是他每次都能说服我们。”市场总监May说，“他会跟你讲道理，但是在所有重大决策面前，奉佑生听取团队意见后，都会‘一意孤行’。”

2015年的一个春天里，奉佑生和团队在会议室待了一天，为他们的移动直播新产品取名字。心思缜密的奉佑生明白名字和

logo的重要性。有人提出用“xx秀”“xx播”，被奉佑生一一否决。自称“什么时候都是个屌丝”的他，对产品的要求却绝不屌丝。要做就做直播行业的标杆，他不能接受自己的产品用的名字‘low’。最后在质疑声中，奉佑生敲定了“映客”这个名字——“映”直播像放电影一样有种放映的感觉，映是一种行为，像移动直播的行为，一种生活的方式，“客”给人的感觉更时尚、更酷，更适合90后。

2015年的9月，映客账面上只有500万，只能撑6个月。产品经历4个月的迭代，并没有迎来爆发，钱已经快花完了。几位创始人开小会讨论，为了让资金能多撑两个月，决定降薪。映客的COO Jessie回忆，会议氛围很凝重，都不知道接下来开完会会怎样，是不是大家都走了，只剩创始人。开大会时，Jessie倡议大家都站着，更显得比较悲壮。接下来，降薪20%，20多人只有一个人离开。同时，工作时间也延长，原来是正常上下班，改成996工作制。

奉佑生对这个场景记忆深刻。当时映客的薪水并不是很有竞争力，产品研发刚刚起步，而很多投资机构已经嗅到直播的发展前景，纷纷携巨资进入。猎头疯狂挖人，映客的初创团队有着当时不可多得的产品研发经验，任何人跳槽，薪水翻个四五倍不成问题。然而大家不但没有走，而且斗志一如既往的高昂。一位刚入职的设计师感到不解，在朋友圈发了一条消息：为什么除了创始人以外，所有人还都那么拼？奉佑生略作思考，说，大家还是一鼓作气想做事，有种做出好产品的信心。

从做产品开始，奉佑生对于人性的洞察力逐渐显现。男人爱美女，美女爱帅哥，这是世间真理，直播产品就从吸引女性用户开始做起。基于这一判断，映客迅速定位做女性喜欢的时尚直播平台，这样又能吸引男性用户。一个月后，映客直播2015年5月底在苹果商店上线。

渠道成为摆在奉佑生面前的一道难关。映客组织了一场发布会，效果却不佳；团队又尝试从原来的音频直播平台里导出用户，结果也不尽如人意。当时映客还找过明星，囿于经费的不足，请不来大明星，但是奉佑生很快找到另一条性价比更高的明星群体——网剧里的“小鲜肉”男演员。最初映客请了一个做演艺经纪的人来直播，这位主播来到演播厅发现一台摄像机都没有，只有三四个手机。映客团队解释说是新型的直播，对方也只好坐下来接受访谈。这个做法取得了不错的效果，每次访谈都会有一两千人进来。映客当时坚持请男明星，因为要吸引女性用户，很多女明星求着来，在起步阶段那么小的规模下，映客都不同意。

不久奉佑生就发现了明星效应的弊端。对粉丝的调研结果显示，偶像来了她们就来，偶像走了她们也走了，用户黏性是很弱的。当时用户的数据只是微微上涨，但是还远远没达到爆发。这个结果成为映客此后不走明星路线，改走全民路线的肇始。

8月份的时候，映客新增了送礼物功能。来源于做音频直播时期的用户反馈。奉佑生认为，这个模式是当时迅速占据行业先机的一个关键点。

战争进入白热化

2015年12月4日，周亚辉正躺在沙发上玩着手机，这个颇有名气的投资人刚刚投完趣分期，他以投资速度快著称。他收到一条微信："周老板，映客项目有兴趣聊聊吗？国内移动直播领域的第一，多米音乐联合创始人再次创业，用户100万，10月份收入已经300万了，发给您BP看看噢。”他当即回复：“这个不错。”

一天晚上，奉佑生接到了周亚辉的加好友请求。

用了映客之后，周亚辉觉得这是他想要的团队：他开始试用映客直播，一玩就玩了3个小时。早已关注直播领域的周亚辉很喜欢映客的产品，他意识到，这就是他正在寻找的优质标的。他当即决定投资。两三天后，周亚辉打了2000万的定金过来，最后共投了8000万，而此时这两人还从未见过面。奉佑生由此对周亚辉十分佩服：“人还没见面，钱就打进来了，有魄力！”

与奉佑生的敬佩相对应的是这位投资人对奉佑生的赞赏有加，他在文章《投资映客笔记》中写道：不恭维地说，老奉是我见过的一位非常优秀的CEO，从做人方面讲，他讲信誉、讲义气、对团队大方、情商高、对朋友帮忙；做事方面讲，老奉起点不算高，不是很多VC会喜欢的类型，但我认为老奉对产品的悟性非常高，老奉最大的优点也是最大的缺点就是他太接地气，但老奉做移动产品的能力在国内绝对可以进入产品经理Top10。

战争即将进入白热化阶段。

不久，腾讯的3个部门跟进直播的消息传来，他们将在春节上线。巨头逼近，那时映客的日活才五六万，周亚辉分析，映客必须迅速把日活跃量做到一百万以上才有发展的机会。奉佑生听取了周亚辉的建议，以凶猛的打法占领渠道，形成品牌势能。当时映客账户里有一个亿，奉佑生迅速拿出八千万，快速启动了滴滴、院线、爱奇艺的广告投放，还拍了两组广告片投到湖南卫视。这些媒介是时尚年轻人集中的渠道，他们是映客的核心目标群体。

这是国内第一次把直播广告搬到荧幕上。奉佑生判断，直播行业没人打过广告，映客是第一个，有希望创造直播行业的第一品牌。在直播行业即将迎来烧钱大战的前夕，映客率先打出近亿元的广告，构筑了极高的市场壁垒，竞争对手要跟进，至少要花三四倍才可能达到同样的效果。最关键的是媒介资源具有独占性，映客占据了目标用户集中的主要渠道，在同一时段内，对手即使想花钱也无处可花。这一轮营销下去，映客迅速跃升至行业领先地位。

而合同刚刚签完，这一营销重拳刚刚出击，映客就遭遇了苹果商店下架事件。恢复上架后，奉佑生又做了一个对映客来说很重要的决定——巨资买进美颜技术，这是他基于中国用户的特点所做的判断。

对于直播来说，当时要做美颜效果难度并不低，他咨询了一圈，价格不菲。但这是改善用户体验的“大杀器”，奉佑生果断把美颜技术买了回来，用户由此更加认可映客。

映客一步步成为行业独角兽。

善和聪明哪个更重要？

有意思的是，映客的迅猛成长并没有给奉佑生带来多少快乐。似乎永无休止的会议、团队的成长、对于映客未来发展的思考，占用了他太多的时间和精力。马云那句“创立阿里巴巴是我人生最大的错误，在集团工作占去了我所有的时间”，奉佑生心有戚戚，“上了贼船就下不来了”。

就此认为奉佑生的创业激情有所消退当然是种误解，“不管怎么说，公司有1000多人，你要为这些人的发展承担责任。平台上有几千万用户在玩，他们的爱恨情仇和希望全在这上面，我能给他们提供一个好的平台，也是一份责任，逼着自己把映客朝着更好的方向去做”。

仅仅是责任未免沉重。20世纪70年代末生的奉佑生骨子里仍然信奉着那代人朴素的价值观——做有意义的事，别闲待着，浪费时间。“人都是一个矛盾体，我其实是一个闲不住的人，真让我歇个15天，让我15天什么都不干的时候，心里也不舒服，也无聊。”

奉佑生深谙人性深处的孤独和欲望。喧闹的人群需要享受孤独的快乐，释放窥视的欲望，他做的只是一个平台。“直播本身就是享受孤独的快乐”，在奉佑生看来，关于直播无聊枯燥的看法是对人的生活状态看得不透彻，“无聊本来就是生活中的一部分”。

这种顿悟是他沉浸互联网多年后得出的结论，他发现互联网的发展有规律可循，无非是围绕人性来的。按照这样的逻辑，直播只不过是在解决人性的需求。按照马斯洛需求理论的逻辑，当人们基本的生存需求得到满足之后，人类追求自我实现的需求就会自然放大，直播成为自由表达、自我价值放大的一种手段。在这里，主播和观众在互相排解孤独。

质疑是难免的。2016年1月的“斗鱼直播造人事件”将直播拖进舆论的负面漩涡。面临接连而至的质疑，色情、欲望、媚俗、金钱至上、没有价值……这些标签让奉佑生觉得直播遭到误解。他认为直播是社会的一面镜子。“没有直播就没有欲望了吗？”对于做直播这件事，他全然没有陷入道德冲突，“我内心很坦然啊，提供一个社交平台，网络和生活一样，善恶都有。”

面对误解和孤独，他的对抗方式是安静。空闲的时候，他的爱好是上网，看小说、浏览网页，这些赋予他对人性和社会的理解。这种安静还给他某种力量，“因为你宅，你永远在享受孤独的快乐。比如说泡在网上，你会在网上看很多很多的东西，接触到很多很多的社区，别人的出发点是什么？其实会慢慢形成一些总结”。

奉佑生映客账号的签名是“善良比聪明更重要”，善给他底线和畏惧感，这种追求是他聪明的背面，他同样把它融入到映客里。奉佑生十分重视平台的监管，早在创立之初就制定了严格的平台监管标准：不仅严禁一切色情暴力违法行为，而且不允许平台上违反社会公序良俗的内容出现。譬如抽烟不许直播，以免带坏未成年人；开车时驾驶员不能直播，因为涉嫌危险驾驶等等。现在映客有超千人的监管队伍，这在直播平台中是罕见的。

“斗鱼直播造人事件”后，映客联系北京文化执法大队，发起了行业自律的倡议书。奉佑生对于行业发展前景的关注，远远大于他对和同行竞争的关注。很明显，奉佑生不担心竞争，他自信只要服务好用户，映客没理由会死掉。但他担心这个行业会被“劣币”玩坏：国家一旦关闭了直播，映客也玩不下去。聪明人很多，行业要健康发展下去，善良比聪明更重要。这是他的总结。

直播新常态

奉佑生用他的小号潜伏在映客的新用户中，他像映客logo的那只猫头鹰的眼睛一样，密切关注着镜头背后的风吹草动，他每天都要花一两个小时在这件事上。在关注的对象上，他偏爱有特殊才艺又还没有成为大主播的用户。

和对用户与产品的重视形成对比的是，奉佑生几乎不重视竞争对手。当被问及对于竞争对手的优劣时，他露出了罕见的迷茫神情："我不知道别的直播平台是怎么干的，说得出来名字的不多。"但是说到用户的需求，他就又进入了思考时的深入专注状态。"用户至上"是映客的价值观，他从一开始就让整个团队把主要精力放在服务用户上。

尽管没有说出来，奉佑生的意思已经很明白：关注对手是不必要乃至愚蠢的行为，因为你的利润来源并非对手，而是用户。打败了100个对手，仍然有可能被第101个干掉，忙于应对同行竞争而忽视用户的需求，实在是舍本逐末。竞争对手的重要性，往往体现在行业格局未定时的赛道抢跑，一旦跑过了生死线，显然就不该时刻盯着对手，而应回归用户价值的创造。

比起行业内竞争，奉佑生更在意整个社会对于直播的看法：譬如直播行业的色情、暴力、营销泡沫问题，至今仍然是不少人对于直播的印象。这让奉佑生感到无奈，但他又对此表示理解："这是野蛮生长的新生事物给社会带来的不适应，需要一个过程。"

他甚至做了一个无关商业的比喻："这就好比是100多年前的火车，20多年前的互联网，刚进中国时大家都不适应，种种质疑流言，当然也确实有一些问题。但现在来看，这些问题都是野蛮生长中的问题，真正对新生行业构成挑战的是传统社会习惯上的不适应，社会认知需要时间。"

2017年以来，公众对于直播已经越来越习惯，媒体不再对直播铺天盖地地报道，这是奉佑生愿意看到的事。"这是事物的自然规律。从受关注到降温的一个阶段，我认为越快降温越好，当大家把直播遗忘的时候，就是它像生活中的空气和水一样，你就不会天天惦记它是个啥了。"看到一些用户沉迷过深，这也不是他追求的，他只是希望直播像空气一样自然。

对于新近到来的这场短视频的战争，奉佑生时刻紧张着，又十分笃定。对用户需求的洞察，是他最大的杀手锏。把短视频做得"有格调的好玩"，是奉佑生追求的目标，也是挑战所在。

他总是表现出成竹在胸的态度，这让初次见到他的人会感到有些冒犯。事实上，他在团队内部的战术部署上，并不缺少急躁，也不吝于吼叫。但很少有事情能让他觉得是真正的危机，当然，也并不是没有，比如说，对于自身能力的天花板之于映客的影响，他就始终保持着警醒。

一个闲来无事的星期天下午，奉佑生去雍和宫走了一圈，寂静是难觅的。他提议高管们一起去寺庙修行几天，他相信安静的力量更能让自己知道“内心想要什么，真正需要渴望的东西是什么”。

而另一边，热闹过境，新的战争刚刚打响。

36氪CEO：『稀有气体』刘成城的少年突围

文：朱柳笛

刘成城身上散发着一股心不在焉的气息。他掌管着36氪这只独角兽，却还不到30岁，看起来是个男孩模样。创业故事在大多数情形下是撩人的。刘成城创业故事的撩人之处就在于少年气。

无厘头CEO

刘成城老是觉得创业这事儿“不太一样”。我问他为什么创业，他想了想说：“就是这样……不太一样。”

柳传志也问过他为什么创业，那是2016年12月6日，36氪的WISE大会上。“你为什么不愿意在计算所里读研、读博士，科学院的工作条件也不错、薪金也不错。”柳传志说。

他露出一贯蔫蔫儿的神情：“因为觉得我要干点事儿，就是这样。”

再问下去，他还是说：“不太一样。”

29岁的刘成城清秀、斯文，给人的第一印象是呆萌无害，典型理工科宅男的模样。在36氪的平台上，他的办公室像个狭窄的透明盒子，两面玻璃幕墙可以清晰地看到外头的动静，当然，员工通过幕墙观察这位老板也一样容易。

我和刘成城约见的这个下午，看着这个透明盒子，他的下属给我泼冷水：“别想掏出什么感性的故事来，他就是这样一个人。”

你很难从刘成城口中听到陈腐或热血的创业故事，譬如心怀理想、改变世界之类的论调。至于为什么科技博客后来成了36氪？他的回答直白到让人惊讶：投资人王啸给了我们一笔钱，得找个容器来装。

说完后，他又稍微露出抱歉的神情问我："是不是感觉聊不下去了？"

他跟王啸的见面也显得有些无厘头。

2010年的圣诞节，一次大学校友聚会，他偶遇了这位北邮师兄、前百度创始人之一。这次才20分钟的会面给王啸留下深刻的印象，他说从对方年轻的眼睛里看到了聪明、诚恳和值得信任。

再后来，王啸主动约他吃饭，就在宝福寺桥南的一家韩国烤肉，烟雾缭绕的这顿饭持续了一个多小时，两个人聊着天南海北，直到最后，王啸问出最后一句："能不能投你们一点钱？"

刘成城就记得自己当时反应迅速，像是担心对方反悔一样地秒答秒问："好啊！多少？"

100万融资，第一笔30万的现金先打到了刘成城个人账户，他兴冲冲跑到银行柜台查询后转念一想，冲对面的银行职员说："你帮我取出来。"30万现金就这么被堆在柜台上，他看了看，感觉有点儿沮丧："好像还不够填满一个双肩包啊。"接着，他又说了句足以让对方发疯的话，"你再帮我存进去吧。"

2016年9月21日，刘成城入选2016中国青年领袖。作为最早投资36氪的合伙人王啸受主办方邀请为他颁奖。

讲这个故事的时候，刘成城一脸纯真地笑着。听起来和影视剧的桥段类似：一夜暴富的人们会用现金铺满床，享受真实的财富带来的快感，但刘成城检验是否装满背包，更多是出于无厘头的好奇。“我就想知道30万到底是多少。”他哈哈大笑。

80后的小径分叉

这种无厘头也贯穿了整个团队的招募：他在科技网站的用户QQ群里发出招聘启示，让自己的读者来应聘。

公司初创时，刘成城选择在人大附近的一所居民楼里办公，发帖招一个行政助理，和一位姑娘约好下午3点来面试，等了半小时人还没到，一打电话，才知道姑娘已经到了1708室门口，不敢相信这是一家公司，掉头走了。10分钟后，刘成城又接到对方电话，说不来了。“我男朋友说，你们这样的公司，一般不靠谱。”

但仍然有人愿意来“这样的公司”。

远在广州的王壮当时拿着3000块的工资，发现刘成城的开价多500，卷着铺盖就来了；海口诺基亚店的马超也盘算着来这里可以涨50%的工资，下定决心奔向北京——他们后来成了36氪最初的联合创始人。

36氪最早的办公室，当时还只有4个人。

36氪这个名字是刘成城和几个联合创始人天马行空想到的。氪的元素符号为Kr，是一种稀有气体，独立性和穿透力都很强，暗含了要保持客观和犀利的意义。

员工们常用“没什么情绪波动”来形容刘成城。但在讲述跟中关村有关的故事时，刘成城还是露出了少见的感性神情。

那是2007年，刘成城无数次乘坐498路公交车从明光桥东一路往北，夜里黄色的灯光开辟出前路，车窗外是灯光璀璨的中关村。他当时还是北邮的大一新生，手里攥着凌志军的那本《中国的新革命》，一本讲述中关村创业人物和故事的书，书角已经被翻到打起了卷儿。

这本书提到1996年深秋北京中关村南大门竖立的那块巨大

的广告牌:“中国人离信息高速公路有多远——向北1500米。”向北1500米，就是指白颐路瀛海威的网络科教馆。这句广告语成为很多人，包括刘成城在内，对早期中国互联网的一个经典记忆。

这块著名的广告牌，昭告了中国互联网的诞生。

当然，还能看到书里写科贸电子城边上的那幢三层小楼，下面两层是联想，上面一层是江明杀毒软件。

刘成城目睹了新世界里网络新贵粉墨登场，那时的80后势力走上了分叉的小径，共同掌握了一部分话语权：一路是韩寒、张悦然、李傻傻这样年轻作家的涌现，另一路是李想、茅侃侃、高燃作为创业偶像登上时尚杂志的封面。

刘成城和后一路的经历相似。李想在26岁创建汽车之家网站，刘成城在26岁也拥有了36氪。他们相识后，刘成城跟李想回忆了一段往事：那时为了一睹李想的风采，他和北邮六七个男生一路杀到北大的百年讲台，看到眼前这个同为80后的男生坐在台上，二郎腿一翘，一副很冷酷的样子。

即使听到台上这个人吐槽“创业可不是人干的事，你们真的不要创业”时，他还是带着崇拜和艳羡的目光，因为这些统统被当时的他视作创业者才拥有的“幸福的烦恼”。

创办36氪5年后，刘成城觉得自己跟李想一样，也有了“幸福的烦恼”，他翻出《中国的新革命》又看了一遍。作者凌志军在这本书的前言里写到：“时代杂志的封面故事在大多数情形下都是撩人的。”

这句话用来比喻创业也很合适：创业故事在大多数情形下也是撩人的。

北邮圈子

回到2010年，少有人注意到北邮巍峨的校门背后已经是一群科技少年的世界。互联网江湖盛传“南华科，北北邮”，这所学校90%的专业都和通信、电子、计算机相关，据说一年里产出的码农数量1500加。

后来的互联网江湖里，除了刘成城和他的36氪，疯狂猜图的王聪、最美应用的马力、极客学院的靳岩、拉勾的马德龙、V电影的尹兴良，同为北邮创业圈里的人。

36氪创立之时，刘成城只是个22岁的大学生。北邮那种奇妙又天然的创业氛围影响着刘成城，他压根没想过按照所选专业的默认路径来行动。“这个路径不需要我考虑，因为已经有N多人走过了。”

回答这个问题时，他还是显得“不太一样”。他把目光投向了还没有多少人关注的科技博客、编译TechCrunch等国外科技网站的创新文章。当然，也有部分原创，以此向国内读者传递国外创新的趋势，一下跑出了2000万的访问量。

再早一点，刘成城的创业故事要追溯到2005年，他是盐城第一中学的一名普通学生。

作为盐城最好的中学，一中率先开设计算机课程，爱捣鼓电子产品、看科技杂志的刘成城向往着互联网，经常七八个人聚在一起，讨论最前端的信息。这种平凡生活里积攒起来的自信很快被放大，他和两位同学有了休学创业的想法，拿出为数不多的几百元钱，准备逃往中关村。

隐秘的出逃计划不知怎么败露了，就在出发去北京的前一个晚上，老师在宿舍将他们拦截“镇压”，首次创业革命还没开始，就这样消亡了。

在进入北邮后，刘成城关于创业的尝试没有停止过，将近10年过去，聚会上再说起他，这些同学们对他写代码的细节已经记忆模糊，用他自己的话说，和学校里一众大神相比，他那点儿手艺简直弱爆了。但有一幕场景出现在这些同学共同的记忆里，就是几乎所有人都通过他在大学时买了电脑。

刘成城是在去食堂的路上看见那张招聘榜单的：北邮的一个男生因为去中关村买电脑被坑。于是他决心招募成立一个社团，教大家一些挑选电脑的参数和方法。他百无聊赖，又常被这样带点儿极客性质的圈子吸引，一下就投身进去成了“创业”的一部分。

社团最壮大的时候遍布北京7所高校，因为业务量太大，这些人索性一起拿赚的钱买了辆二手面包车，专门运送电脑。没有工资，一群人会在假期包上一辆大巴车，浩浩荡荡去天津、白洋淀玩耍，像游侠团，无拘无束。

这些经历影响了刘成城最初对团队的一种认知：散漫、够自由，以至于在36氪刚成立时，还维持着类似的状况：没有标准，也拒绝讨论标准。

“那个时候团队太有个性了，没有上下班时间，也不能有别的什么规定。”刘成城赌气地回忆说，“有规定就不是36氪，就不酷了。”

“像个孩子”

在讲述创业初期的那些不靠谱经历时，刘成城笑得像个孩子。

类似这样孩子气的举动偶尔会被他的下属议论。譬如会见重要的访客但找不到会议室时，他会随便钻进一间，不管里头的人也正在开会，耍赖不走，霸占这里据为己有。

另一次是有人来应聘，问你们CEO呢，他那时正在办公室附近的洗手池洗头，顶着满头泡沫就出现了。

年轻的CEO没什么嗜好，除了每天晚上回家后打半个小时游戏，他说打游戏是为了换脑子。他的搭档、氪空间的负责人钟澎得知后有些惊讶：“你还玩游戏？”他反问一句，似乎是天大的委屈：“连游戏都不让我玩了？”

开会时遇到需要作出决策的重要时刻，有人问缩在角落里的他：“你什么意见？”他说：“我不知道，我没想好。”一开始对方有些发愣：“这是管理者吗？”再追问，他就开始耍泼任性：“我不知道就是我不知道。”

后来钟澎才理解，刘成城是真诚地表达他不知道。一旦到了真正作出决定的时刻，他必然又是已经准备过，带着更深思熟虑的答案前来。钟澎将这些偶发性“孩子气”理解为“纯粹”。“那个在我们身上是没有的，或者说在我们所接触的群体里面是没有的，那是他与生俱来的，现在也还没有丢失掉，很难得。”

如今，36氪的野心早已不止于科技媒体，氪空间、投融资平台和金融都是这些年延伸出的新业务。面对“为什么要做这些”的疑问，刘成城拿右手的无名指拂过眉骨，像是在表达无奈，随后露出困惑的语气：“我想做，为什么不做？”

但他也爽快地承认了一点，如果只是单纯的媒体平台，他可能已经死在一大波科技类媒体袭来的浪潮里，而非像现在这样，搭乘创业的风口，和任意一家竞争者相比都有其他版块带来的优势。

投资人王啸将36氪走到现在的原因归结于刘成城的直觉："其实他并不是特别靠逻辑判断的那一类人，而是一种商业感觉。"

在讨论氪空间如何从1扩展到10甚至到100时也是如此，刘成城做了组织架构的沙盘推演，让钟澎印象深刻，这与他此前所在的公司从1家店扩展到100家时使用的策略相同。至于这些策略的来源，就是跟人聊天，跟机器聊天，飞到不同城市见不同的人，钟澎把这看作刘成城自我成长的独特方式。

有媒体记者统计过刘成城在2015年全年的飞行记录：国内航班10080分钟，67次飞行，平均下来每4天就要飞一次，全年没有周末。他像海绵一样吸收一切接触到的经验，这是一种迅速学习的能力，有些类似吸星大法或乾坤大挪移，在互联网江湖里，听起来极有效力。

采访快结束时，刘成城心不在焉地拨拉着手机屏幕，几次要开口又放弃的样子，最终忍不住了："咱们还要多久结束？我已经迟到两个会了。"

后来，我又在楼下出口遇见刘成城，他大步迈过我身边，是几乎要飞起来的步伐，没戴口罩，像风一样钻进了北京浓重的雾霾里。这让人联想到他跟柳传志说的那四个字：不太一样——那时他的状态是一边研究科技前沿的事物，一边写代码，和同龄人开发好几个APP，譬如闹钟、计算器之类的，扔进应用商店里，就再没了下文。

他的想法简单至极，还是要做一个软件，不太一样的软件，让所有的人都能用上，至于什么软件他也没有想好，"反正就是别人用上我就有成就感"——直到36氪出现。

从自媒体创业者到百度最年轻副总裁「李叫兽」究竟是怎么火起来的？

文：杨宙

“李叫兽”被很多词语武装：“大脑中的镜像神经元”“相似性原理”“拖延心理学”“感性科学”……他买煎饼果子也讲“科学思维”。

作为“推进营销科学化”“感性工作也讲科学”观点的宣讲者，在过去两年的自媒体生涯中，他提出了许多“李叫兽方法”。

“我们认可火箭、汽车、计算机技术是科学的，但是为什么很少有人去认可营销、运营管理、甚至人力资源也是科学，也是需要非常专业的技术的呢？”

“科学”的方式，成了他全部宣讲的中心。

1991年出生的“李叫兽”，真名李靖。2016年底的最后几天，他的营销咨询公司以近亿的估值被百度收购。他本人也从一名90后自媒体创业者，一跃成为百度史上最年轻的副总裁。

科技创业的浪潮终于把内容裹挟其中。去年，内容创业火热一时。一些内容创业者开始讲授各种“知识”。生活因为科学变得更美好，因此有人主张，人的思维方式也要讲“科学”。尽管这种主张，早被人提醒要警惕。

“李叫兽”的出现，给我们提供了一幅这个时代的典型肖像。

“体系化”

“李叫兽”公号的头像是李靖本人的半身头像：身着西装、内衬蓝色衬衫，打在脸部和背景上的光有着个人海报的商业感。

李靖在灯光里眼睛微闭、抿着嘴浅笑，这也成了他最经典的形象。

在演讲时，他站在舞台中央，挥舞着双手。他穿着那身经典的浅蓝色衬衫，袖子随意折起略带皱褶，修长的裤腿显得他极为高挑。

台下的观众不断举起手机拍下李靖和PPT文字的合影。李靖在每个重音中定住，他看着台下的观众说："人在不同的情况之下，整个的思想是不一样的……"

因为《月薪3000与30000有什么区别》《你为什么会写自嗨型文案，X型与Y型文案的区别》等几篇爆款文章，这个年轻的自媒体人在两年时间里迅速走红，开始开公司、做培训。

早在公司创业的阶段，李靖就已不满足于给各家公司做咨询。他想做一个智能营销工具，这个工具依赖许多案例的积累，最终适用于不同领域的营销事业。他称之为"科学化营销模式"。

这种"科学思维"渗透到他的方方面面。

初中时，他打架。但他不是班上身体条件最好的，他从街边买了许多格斗、擒拿类书籍，回家反复操练。

大学时，他读到《金字塔原理》，反复学习其中的“逻辑化”写作。他为了群发一条开会通知的短信，根据《金字塔原理》反反复复地修改，用了一两个小时才把短信发出去。

甚至在生活上，他也没有忘记“科学思维”。前员工曾晗（化名）记得，他去买煎饼果子，习惯了吃夹火腿的，后来公司搬了之后，附近的一家不夹火腿。于是，他花了一段时间去说服，最后吃上了夹火腿的煎饼果子。

曾晗还听到过一个令人哭笑不得的例子。李靖当年在武汉大学时，有一次去吃饭，他要在位于长江两侧的两个吃饭地点中二选一。那时他刚刚学完“决策树”，花了一个小时把两种选择演算了一遍，最终给出了结论。

他有时会受不了旁人的思维方式。曾晗记得他最常说的一句话是：“你们怎么能这样思考呢？这样思考完全是错误的。”

逻辑

“李叫兽”的演讲中充满各种词汇：“大脑中的镜像神经元”“相似性原理”“拖延心理学”“感性科学”。他宣称，如果仅用经验观察，这不叫营销科学，这叫作迷信。

曾晗记得当时公司里有种内部训练，李靖会甩给他们几本书，规定员工一两天内迅速消化两三本书，训练“知识”连接能力。

有时李靖会扔给曾晗一本关于演讲的书，让他把整本书整理一遍，摘抄出要点，他自己再按这些点准备演讲。那时李靖的公司邮箱里长期躺着请求。最满的一个月里有六七个演讲、七八个公司的培训请求，每周有一个咨询请求。

员工们看到，只要有空余时间，他都在办公室里看书。用曾晗的话说，同样看三本书，李靖看到的则是三本书揉在一起构成的“体系”。

李靖对此引以为豪：我可以用认知心理学解释广告学，也可以用人类学解释广告学，总能在事物之间建立非常复杂的联系。

没有人仔细考察过这些词语之间的联系是否牢靠。

低调与腼腆也是他给多数人留下的印象。曾晗第一次到李靖的公司面试时，李靖压着头不打招呼就路过了。尽管长时间关注李靖的公众号，曾晗在员工的提醒下才认出了他。

曾经的投资人苏杭则感觉，"一般商人都不会有这样的举动"。他把滴滴打车的联合创始人介绍给李靖，李靖低头笑着鞠了个躬，什么话都没说，"就是一个青涩的男孩"。

对于自己性格内向，李靖早有清晰的评估。他对人际交往也有一套逻辑。此前接受采访时，他发现获取人脉的两种方式里，他与人交流、建立情感联系这一项处于弱势，唯有通过另一种形式——"通过知识或者能力吸引，让别人想要认识我"。

甚至在玩游戏中，他也不忘记逻辑。他受不了狼人杀游戏里的欺骗，他会争辩"有欺骗的话肯定不是按这样的逻辑顺序走的"。

"让猎豹慢慢走路也是不可能的，它肯定是会不停地奔跑、不停地奔跑，它已经习惯了。"曾晗说。

“反人性”

投资人苏杭记得李靖说过的一句话：“很多事情想要做好，它是反人性的。你要是按照人性做东西的话，你最多就是跟大家一样；如果你要做得突出，要做得跟别人不一样，那你做的事情就是要反人性。”

曾晗是在李靖创建公司两个月后加入团队的。来参加笔试时，曾晗用公司发的电脑答题，发现键盘上还缺了一个键。那时公司设在互联网公司丛生的五道口，“李叫兽”公众号粉丝有30多万，而公司员工不到10个人。曾晗来面试时，看着那一整层的办公区域，兴奋地问接待的姑娘，那一片是不是都是“叫兽”的公司。姑娘说不是，指了指其中的一排办公桌。

成为一名公号写手，最早要追溯到2014年。在清华大学经管学院读研一时，李靖发现市面上大量的商业分析文章，有的分析“小米必死”，有的分析“小米必活”。他觉得这些分析没有判断依据，分析的人不懂行业却“大放厥词”。他决定做一个公众号“传播更加精准并有科学依据的商业知识，而不是不负责任地说一句话”。

从2014年5月开始，李靖在“李叫兽”公号上开始稳定地更新：每周一篇原创文章，但粉丝却只有600人左右。他一度怀疑自己，到底还能坚持多久。

转折点出现在年底。李靖写了一篇《7页PPT教你秒懂互联网文案》，一个月后，被数家公众号和媒体剽窃改写成“刷爆”营销界的文章《月薪3000和月薪30000的文案有什么不同》。此番火爆后，奇虎360董事长周鸿祎也找到李靖，让他做360的咨询项目。时年23岁的李靖开始了自己的咨询生涯。

第二年6月，另一篇《X型文案与Y型文案》再火之时，李靖自述在半年内已经收到了2000家公司的咨询，“包括几乎所有的国内一线公司”。7月，他和几个武大同学一起创办了北京受教信息科技有限公司。

2016年初，投资人苏杭第一次与李靖交谈就发现他与其他创业者的不同之处：“一般框架不一样的人，他听我说到一半就不一定听得懂……但是李靖的话，我们可以把商学院的，或者把我们做研究或品牌战略的整个框架跟他做完整的理论讨论。”

同年年中，“李叫兽”团队获得清流资本等基金的投资。此时“李叫兽”微信公众号阅读量几乎篇篇逼近10万加，距离李靖开始在公号上写文章，已过去两年时间。

曾晗记得两年前参加面试时，面试者有两百来人。通过15分钟的文案测试后，曾晗进入独面环节。穿着西装的李靖沉默地坐在角落里，寡言少语。直至进入面试官状态后，他才开始滔滔不绝地谈起文案。

“流水线”

李靖在营销行业中呈现出的野心是显而易见的。他曾说：“我比较想做营销的工具。拿汽车来比喻，我不喜欢做司机，但我喜欢设计流水线造车。”

他的公司从五道口小小的一层办公室，辗转搬到了望京SOHO，如今落户在互联网公司云集的百度科技园中，拥有自己的独立办公区。他用了两年时间，一步步搬到了中国互联网竞争最激烈的地理位置。

尽管李靖在公号中说自己不是“内容创业”。但不可否认的是，他恰好赶上了“微信公众号的红利期”。

被百度收购后，“李叫兽”团队拒绝了外界的采访。在未来一段时间，李靖与“李叫兽”团队以及他背后的百度内容布局，仍显得模糊不明。

对于他的质疑不时出现。这种声音认为，李靖的成功，是因为他“恰好在一个迷信营销万能的互联网泡沫年代，满足了万千零经验小编的知识渴求”。

李靖曾在公号中撰文质疑传统的营销人凭借主观感觉、自身经验撰写文案。他问道：“难道没有任何一种方式让这个过程更简单一点吗？”

“我希望在理论规律的基础上，结合人工智能和数据，做出真正好用的启发创意、生成方案的工具。”去年年末，最后几次在公号上发声时，李靖表达了对人工智能营销的愿景。

“当然我对此持怀疑态度。”资深互联网营销自媒体人王子乔说，在碎片化的知识获取时代里，李靖等人做整合就如“二传手”，是注意力泡沫时代的一些产物。他把“李叫兽”与“逻辑思维”等自媒体归为一类。

去年7月，王子乔曾在自己的公号上撰文表达对“李叫兽”的质疑。年末“李叫兽”被收购，李靖担任百度副总裁后，许多网友翻出旧文，称王子乔被“打脸”。

王子乔说，人的意识和人的感性层面给作品赋予灵魂。不是像他们说得那么简单的，市场上不用再有文案了，siri给我们的文字可以作为一首诗或一个文案流传吗？

2月14日，加盟百度的“李叫兽”终于对外发声。他要招募12个人，推进“营销的科学化”。

只有在与他相关的QQ群里，他的“14天改变计划”资料还在被管理员售卖着。过去他曾推出过两期“14天改变计划”的培训项目，第一期收费799元，第二期收费999元。

在QQ群上，这些以往的资料叫价15元，包含了所有课程的PPT、视频和优秀学生作业。

新世相张伟：在文艺和商业之间找到一种聪明的分寸感

文：安小庆

一个来自农村的文字生产者，偶然抓住自媒体内容创业潮水中的一块舢板，成为一种生活和审美方式的代言人。

我们和张伟的午餐，选在东四附近的一个小四合院。那是一个艳阳高照的正午，张伟眯着眼睛走进院子。他刚和同事熬了两个通宵，做第二期的新世相“图书馆计划”。

这个中等身材的男人，穿着白色纯棉衬衫，挽起裤脚的卡其色布裤，低帮小白鞋。

这与他的前同事回忆中“160多斤，头发总是油油的”形象相去甚远。至少从外形来说，张伟已将自己调适到符合人们对“新世相”和“文艺教主”的形象设定。

在“图书馆计划”中，张伟挑选了20本书构成书池，用户可以花129元购买一个月的阅读服务。购买者读完一本后将书寄回，可以收到另一本。如果在一个月内读完4本书，便可以收到129元的全额退款。

最新一期“图书馆计划”共卖出一万多份，收入超过100万元。

这是张伟带领新世相商业化的第一步。他自认为走得“非常漂亮”。在把文艺当作一门生意来做，将各种不同浓度的文青转化为用户的路上，他还有漫长的“999步”。

他套用“诚品书店”的一句话：新世相永远是商家，但这是个中性词。

被利用的“误读”

2013年4月，在《博客天下》杂志做主编的张伟开始在下班时间做“新世相”的前身——“世相”。那时候微信公众号刚推出不久，但有很多号已经挺火了。一开始他将这个公众号当成一个教记者写稿的范文库来做。第一波关注他的，都是前同事和朋友。

在朋友们的推介下，第3天就有600人关注。第13天，有3000人。这时张伟知道不能只发新闻作品了，但他还没想清楚后面怎么发展。

也是从那时开始，不断有人对他说，觉得世相很文艺。但他特别反感这个说法。“我不想让别人觉得‘世相’很文艺，不想让别人觉得我是一个文艺青年。我那时希望它是一个关于写作技法的，比较酷、比较理性的一个技术派公号。”

后来不断有公号找过来想要互推，推介的标签类似“文艺青年必读”。张伟不得不妥协：“说世相很好，别人记不住，说世相是文艺青年必读，很多人就记住了。”于是，本来不愿被划入文青阵营的他，写了一篇《为什么该勇于承认自己是文艺青年》。那时世相的粉丝有三四万了，他已经意识到只谈写作技巧行不通了。

此后的一天，他发了一篇《光荣与梦想》里讲罗斯福老婆的文章。同样讲写作技巧，但讲完之后他加了一段：“除了讲技巧之外，咱们讲讲人生。”他在后台发现，讲人生那段反响挺好，“原来很多人还是喜欢读这种东西”。

于是他想要做这种“符合更多人口味的菜”。

“当你想倡导一种价值观和品位的时候，第一件事就是让你自己被相当数量的人看到，如果你只能影响5个人的话，又能怎样呢？”张伟从不认为自己是个标准的文艺青年，相反，他自认是一个彻头彻尾的实用主义者和目的导向论者。

因此，在被大众误读为“文艺教主”后，张伟有意利用了这种误读。从2014年下半年，“世相”开始有意地进行风格稀释和大众化。不到一年时间，粉丝数从10万涨到近40万。

风格变化以后，不少早期用户粉转黑。后台的留言里，媚俗、庸俗、平庸是他们最常用来形容新世相的词。

“我自己天性是喜欢大众的事情，不喜欢做那种高冷的、小而美的、小趣味的东西。”张伟不讳言对自己影响最大的书，除了《光荣与梦想》和《追忆逝水年华》，也有《文化苦旅》。

他的睡前读物也并非“图书馆计划”中那些或趣致或冷门的经典，而是古龙小说和《盗墓笔记》。最近在飞机上看的书是《Google是如何运营的》。

“我这个人一向是实用主义底色加一点点理想主义。”他说。

营造文字氛围就像“调香”

出镜前，张伟从包里掏出一盒发泥，钻进卫生间，熟练地抓蓬了头顶的头发。

在与“每日人物”共进午餐的“每人饭局”直播时，在10万网友的围观下，“文艺教主”非常坦然地吃起了大蒜和猪大肠。

张伟边吃边回忆起小时候在山东农村吃流水席的记忆，那是一种“各类肉食混在口腔里的极大满足感”。近几年，这种体验几近灭绝。他以健康饮食要求自己，常常一两周里只吃蔬菜色拉。

看起来这几乎是一个没有性格破绽的人，温和克制。迄今为止的最大嗜好是吸烟。整个饭局里，我们绕着弯儿问了好几次，他最终才有所保留地表示：“最内在的自我只在亲密关系中才会显现。”

他曾经关心政治，想要出国拿一个政治学的学位。在发现关心现实并没有太大用处后，生活理想取代了政治热情。从一个曾热心政治的青年记者，转身成为拥有50万拥趸的文艺教主。

“你觉得‘新世相’是女性向、直男向还是中性向？”“每日人物”问。

“气氛和腔调比较细腻中性。在喜欢讲道理和分享价值观上，挺直男癌的。”张伟回答。细腻的写作风格在他做记者的时代已经充分显现。

张伟现在的创业搭档汪再兴曾经也是特稿记者。过去，他们常常在突发新闻的现场碰面。汪再兴记得张伟的报道通常并没有一个明确的故事，但胜在整体氛围的营造和对细节的描摹。

他们共同在《博客天下》杂志工作时，汪再兴就发现张伟修改后的记者终稿“总能被他‘调’到一个平均而精确的程度和氛围”。就像是张伟接受采访时常常提到的小说《香水》。他把自己营造文字氛围的过程类比为“调香”。

他的好脾气和勤奋也从那时便人尽皆知。

在《中国青年报》做记者时，他最多时一周写了3篇稿，近两万字。因为“脾气好，拒绝不了别人”。

在《青年参考》做主编时，有一天一名作者临时爽约，交不了稿，空出了两个版。他没有发脾气，自己用两个小时写了两个版出来。

就像当下，我们让他在直播镜头前吃大蒜和猪大肠，他也并没有表现出为难或者被冒犯。

一切围绕“陪伴”出发

分寸感，是张伟经常提到的一个词。他的性格、他的文字、他的公号，都分享这一特质。

新世相的成功在他本人看来，“就是在情怀和理性之间找到一种聪明的分寸感”。

这种分寸感还体现在内容的选择和表达上的“平衡”——既切中每个人都有的普遍情感和心理状态、生活状态，又把这个状态表述得更高级、更高明。

于是我们端出了饭局的最后一道菜：一锅熬煮了3个小时的鸡汤。

“新世相是新时代的《读者》和鸡汤吗？”“每日人物”问他。

“这个评价好高。”张伟笑着说。

他开始做习惯性的话题演绎和内涵延伸。“每个人都会有需要鸡汤的时刻。鸡汤从流行到被厌弃是因为过度了，所以鸡汤的分寸感就显得极为重要。”

在自媒体观察者、“新榜”创始人徐达内看来，心灵慰藉类的公号文章很难写。“一旦把握不好分寸感，就会变成让人腻味的鸡汤。张伟目前在这点上把握得挺好。”

“文青也一样，我觉得大部分人都有文青的一面。”端起鸡汤的张伟笑眯眯地说，“我希望13亿人都是文艺青年，这样他们都会成为新世相的用户。”

可能会让很多粉丝失望。每晚陪伴用户睡去的“文艺教主”，并不热衷旅游和在路上的感觉。“我只对做事和达到目的有极大的兴趣。”张伟这样剖析自己。在汪再兴眼里，张伟一直是一个“系统始终平稳运行的人”。因此在实现目的的过程中，生气没有价值，只有一路“打怪”升级。

新世相的用户中，70%左右是女性，大部分用户集中在北上广深等一线大城市。通过这样的数据，张伟将新世相定位为一个“陪伴体”，既是一种精神上的陪伴，也是生活方式上的陪伴。所有新世相的内容和产品，都围绕“陪伴”出发。

每个深夜发出的文章，都与死亡、孤独、都市生存等强共鸣的话题有关。文章篇幅变得更短，降低了用户的门槛，便于更多人理解和传播。因此，新世相本身吸引的也不是真正深度的“文艺青年”，而是被稀释过的文艺青年。这一切都是基于彻底的产品思维和商业逻辑。

依托“氛围”的生产，“新世相”拥有了稳定的广告来源，但张伟对广告的挑选近乎严苛。第一条是香奈儿，而现在每个月最多接3条广告。

先上车再说

每天深夜11点59分，张伟准时发出当天的文章。从一开始到现在，文章的写作、编辑都由他全程把控。每篇文章的推荐语写作大概需要30分钟。

他心里收集着一些寂静的记忆。这些记忆包括故乡母鸡下蛋的神态，火车掠过铁轨的声音，或者萤火虫一闪而过的样子。“它们像是风干了的药引子，只要掰一小块儿，就能治疗焦躁”，让他迅速进入写作。

张伟未来的目标是一家基于阅读、审美等生活方式的立体公司和品牌，而不只是一个平面的“微信公号”。

在最新的招聘启事里，他明确告诉公众，在文章、情感、共鸣、陪伴之外，商业才是新世相的总体原则。

围绕已经开展的图书阅读服务，张伟打算继续开发电商产品，比如选择一批老书和绝版书进行复刻，比如从浩瀚的读者故事里寻找剧本和故事拍摄视频，甚至会生产一种糖。

糖，和张伟唯一的嗜好——吸烟一样，能够提供一种易获得的日常抚慰和陪伴。他时常吸烟远眺办公室窗外的铁轨。每到傍晚，一列火车从西向东由此开过。

每天准时经过的列车和一路亮起来的一排暖黄色车窗，如同新世相每个晚上11点59分的推送一样，“会让人相信最后能去到特别远的地方”。

李一诺：一个职业女性如何打怪升级

文：张薇

“女性是很不容易‘不要脸’的，因为女性太在乎自己了，非常容易自我怀疑……我们一方面期待被评判，一方面又特别害怕被评判。”

28岁的李一诺尚是个畏畏缩缩的小女生。

那是2005年，刚刚在加州大学洛杉矶分校读完了分子生物学博士，她拿到了全球知名管理咨询公司麦肯锡洛杉矶办公室的Offer。她是那年唯一一个入职的“外国人”。

当年办公室秘书们大多是在公司做了20来年的美国大妈，每年新人来了，她们都会玩一个传统“游戏”下一个赌注，赌这一批新人里谁能做到合伙人（在麦肯锡，晋级路线是咨询师、项目经理、全球副董事、全球合伙人）。她们眼光毒辣，能迅速识别出谁更有潜力，极高的命中率成了流散在麦肯锡内部的某种预言。

没有人会选我的，李一诺猜。

这个看起来瘦瘦弱弱的新人，开会时喜欢躲在角落里。“听听别人怎么说的，最好别人也不要注意我。”当时她最关心的就是，下周和项目经理做反馈的时候是不是就会被炒了。跟她一起入职的都是MBA毕业生们，游刃有余的精英范。少数裔，还毫无商科背景，她突然从一个“聪明能干的学霸”成了“啥都不行”的边缘人。“你会发现，人没有confidence（自信）的时候，你会觉得你跟别人不一样。”

一个溺水般的开始。她想，能做到项目经理都算神话了，合伙人更是外星球的事。

这种战战兢兢持续了长达七八个月。直到入职第一年的下半年，转机出现了。当时她负责一个极有挑战的数据模型，开会过完了这个模型后，她紧张得起身去厕所，当时麦肯锡的一位全球副董事——一个学数学出身、在日本待了多年的德国人追了出来，认真地跟她说："一诺，我想告诉你，你做得很棒。"

来自他人的认可是她建立自信的开始，也成了她在麦肯锡的重要转折点。多年后，她将这一点纳入了她的管理信条：不要吝啬对别人的赞扬。

她开始领略到做咨询和做科研的相似之处：把复杂问题简单化，看到核心问题在哪儿。在读书期间对自己的性别并不敏感的李一诺，也渐渐觉察到性别文化下的女性的职场短板。

她发现，在这家全球化公司里，越向上晋级，女性就越少。"很多领导力特质，的确没有女的。"比如，立刻去解决问题的能力——出现问题后，女性往往需要先花些时间去发泄情绪。"从这种角度讲，女性是有很明显的短处。"

"女性其实不敢发出自己的声音，我原来也有这个问题。男的就觉得，我来了就要有个声音有个观点，哪怕这是一个bullshit。"在麦肯锡，她从周边男性身上学到了很多高效做事的法则。

一次在讨论某个问题时，李一诺的发言一直在说各种问题，一个毕业于普林斯顿大学的项目经理听不下去了，当着一屋子人的面，他直接将白板笔递给她，说："一诺，写下你的解决方案。"在另一场角色扮演的工作坊中，一位同事扮演销售主管，抱怨个不停。跟他搭档的另一个同事将一只黑椅子放在他身后，摁他坐下，然后推他到屋子中间，说："现在你在驾驶座，你来驱动。"

这两个画面在她脑海中留下了清晰的印记。她发现大多数人，尤其是女性的思维方式，是面对问题先讨论讨论，听听你的意见听听他的意见再加点自己的意见，谁都不去做那个扭转大局的人。而"领导力就是，你要成为那个坐在驾驶室里的人"。在她看来，这恰恰是女性所欠缺的。那两位积极寻求解决之道的男同事让她意识到，"有的时候你会发现，你可以去做那个人"。

"你是谁呀？凭什么是你啊？就是这种声音在你脑子里。"李一诺坦言这种文化耻感，对包括她在内的女性影响都很大。再往深里说，这种耻感来源于"你太在乎你自己了"。

一次，她的职场教练问她，你是不是潜意识里觉得自己非常特别？她想了想，说："的确是，我一直觉得我挺特别的，你看就我成绩好，就我能把这事说清楚……"教练告诉她，这种强自我一方面能给人带来信心，另一方面也能陷害人，因为这会让人觉得，什么事都是关于我，成了是我，但是更多时候这给你的暗示是，不成，是因为我不够特别。

"女性是很不容易'不要脸'的，因为女性太在乎自己了，非常容易自我怀疑……我们一方面期待被评判，一方面又特别害怕被评判。"在她看来，"不要脸"是一个境界，不再在意自己，在意的是事情能不能成，只要事情值得做，自己的姿势不好看没关系。一旦能突破了这个阶段，"慢慢地把你小女生的这些东西转换掉……你的女性的光环就显示出来了。"

彻底抛开这种耻感正是发生在她竞选合伙人的过程中。

当时，已经做到了全球副董事的李一诺遇上了一个她特别讨厌的同事，那人"傲慢、肚里无货，做一说十，还时常不兑现承诺"，级别还在她之上，给她发号施令。"我就想我不干了，我为什么跟这种人在一块儿呢，这种烂人浪费我的时间，浪费我的生命。”

一个讲话直接又锋利的印度人，也是她的直接领导者，说："你就是个‘sour-loser’（酸丢丢的失败者），你要真有本事你自己变成合伙人，你比他高。”另一位比她早一年进入麦肯锡的女同事问她："一诺你是不是觉得你做的东西或者你做的选择就是对的？你要想让你认为对的东西能被执行，那只有你自己当领导。”

这些话极大地激发了她的“野心”。她发现自己“想赢”。而之前，她不过是“想被认可”，而觉得想赢的那颗心是不本分的，“每天钩心斗角就想往上升，我这样（才是）一股清流对吧……但后来发现是非常愚蠢的，很多女性其实也被这种东西所限制，就是我不参与政治斗争，我不参与上升。”

突然从“一股清流”变成一个那么野心勃勃的人，她花了大量的时间来适应自己。最初，她并不大敢公开讲，我想成为合伙人。“我是谁啊？就觉得自己不够好。”

谢丽尔·桑德伯格在她的《向前一步》里提及，女性普遍在职场中容易出现的症状“皇冠综合症”，也正是李一诺在那个阶段的心态：如果自己工作表现良好的话，别人就一定会注意到并为她们戴上皇冠。但真实职场中，这个“皇冠”并不存在。主动为自己争取应得的利益才是理所当然。“对，就算你很优秀，你也得说，我愿意，我要当合伙人，我的计划是，我要什么……这是个很大的转变。”李一诺说。

麦肯锡有一个全球合伙人的评价机制，公司会委派一位与申请人无任何接触的第三方出具一个调查报告，他会寻求申请人过去3年里所有合作过同事的反馈，最后形成一个综合意见。这就意味着，申请人若想获得所有合作过的人的支持，就得一一去和每个人聊。

“我当时也有点心虚呢，你看这李一诺每天不做业务，成天卖官鬻爵。”说到这儿，她大笑了起来。但约同事一个一个聊完，她就发现，这其实是建立自信的第二个层面的过程。“自信是两个层面，第一个层面就是，的确是你需要别人来认可你；第二个层面呢，你要同时放弃你对别人认可的依赖。”

“承认自己不够好，这就是我，真实地去跟别人讲我现在的想法，我擅长什么，我享受什么。我希望从你这里得到反馈和支持。”从希望获得他人认可转变到希望获得他人支持，“我觉得人生就是一个不断‘无耻化’的过程。”她又大笑着说。

2011年，怀着老二，34岁的李一诺成为了麦肯锡的全球合伙人。6年间，那个如履薄冰的小女生一点点摆脱了无形的桎梏。

在麦肯锡工作了10年，她从没感到过“厌倦”，因为工作最吸引她的地方就是“发现问题、解决问题，经常是复杂的有意义的问题”。但一个更让她着迷的窗口向她敞开了——盖茨基金会中国首席代表的工作机会找上了她。

经过了与比尔·盖茨的两个小时“面试”，盖茨的一句话格外打动她。他说，自己开始关注生意以外的事情之后，发现在解决全球维度至关重要的问题上存在的空白是巨大的。

盖茨基金会工作的核心也是解决问题，而且是更大更复杂的、着眼全球的问题。支持中国加快实现自身一些重大健康和发展领域的目标和进程，如公共卫生领域结核病和艾滋病防控、控烟等，以及支持中国成为推动全球健康和发展的强有力的合作伙伴。而在麦肯锡只解决对客户产生意义的问题。“说到底，能够以一个管理者的身份参与解决这些在全球层面复杂而重要的问题，是我的‘鸡血’。”

2015年，她接受了这份工作的邀请，并在2016年拖家带口从美国回到了北京。为了解决自家三个孩子上学的难题——公立学校大多把孩子当成了学习机器，而国际学校又把孩子培养成了外国人。2016年，她又决定自办一所学校。经过170天的筹办，借寄在北京八十中内的一土学校诞生了。她想在一土实现她对教育的理解：“教育最核心的部分是对自我的认知。我希望教育培养的是一些内心充盈的孩子。”

一边是推进全球公共健康领域的盖茨基金会，一边是用教育创新来带动社会创新的一土学校，她的人生全面开了挂。就像她竞选麦肯锡合伙人那样寻求支持，李一诺开玩笑地说，现在就是不停地“抱大腿”。

她越来越能体会自我的渺小。“我们去做一件事情因为它是一件正确的事，那你自己就是一个工具，就是一个实现一件事的工具。”她将这种阶段总结为“认知自我最终其实就是一个所谓无我的境界”。

最近，关于获得一土学校独立教学资质的问题难住了她，她想找人求助，但又没想好该用什么样的心态去获得他人的支持。她问职场教练，到底是说“这个我觉得不大好（弄），还是说你看我这事挺牛咱俩一块干？”教练对她说，你就闭上眼睛，想想这个问题解决了以后那个画面是个什么样？学校是个什么样子？“我闭上眼睛想象的那一刹那，眼泪就下来了。”李一诺说，“在绿草地上奔跑的孩子、教师的笑脸、孩子的笑声和我们内心的安静……”忍不住地流泪。“现在还在解决中，我不知道帮助和答案会从哪个方向、以什么形式来，但是会来的。”

所谓的职业生涯，她说，一个阶段一个阶段，其实都是在经历三个层次，第一个是自信，第二个是自知，第三个是自觉。“从小我到大我，再从大我到无我。”现在，她越来越能体会到女性特质有力的一面——包容、清澈、真实。“这其实是男性的弱点。”

回想起初入麦肯锡，觉得28岁老得不得了，时光转瞬即逝，每天的时间不够用。现在，她已经40岁了，有了3个孩子，倒觉得能在每天的纷乱中抽空想想大问题，觉得日子还很长，最好的时光还在前面。

“人就是这么一种动物，年轻的时候瞎着急，然后才慢慢找到自己。”

她的3个孩子，男孩一个7岁，一个5岁，最小的妹妹3岁。2017年初，北京下了一场大雪。家里的阿姨是东北人，吃饭时兴奋地描述外出时将手摁在积雪上的那种愉悦。然后，李一诺“偷袭”边吃边玩的3个孩子：“你们谁跟我说说阿姨在说啥？”听到妈妈这么一问，两个男孩一脸茫然，只有最小的妹妹头也没抬就说：“阿姨喜欢雪。”

李一诺惊喜极了：“你看，这就是女孩儿，多了不起！”

北大、清华毕业当游戏主播怎么了？我就是自在任性

文：杨璐

"清华、北大的毕业生就应该承担更多的责任吗？这是个人选择。但如果连自己的兴趣也没法实现，想要的人生都不能得到，又怎么去谈责任？"

女流的原名叫石悦，看上去更符合一个普通家庭取名时的期待。石悦，寓意端正、喜悦，听起来就是好学生、乖乖女的人设。考进名校，也是包括她本人在内所有家人的愿望。"初一的

时候，奶奶家的书桌上就刻着‘清华’两个字。”

她希望获得长辈的认可，作为那一届内蒙古地区理科高考状元，顺利进入清华建筑系，又去北大读研深造。如果一直待在校园，毕业后成为建筑师，不久便结婚——这看上去是一条寻常之路。

但实际上，从大学时上传第一条游戏解说视频开始，这条路就生出了小径，石悦成为女流，一位游戏行业的KOL。

现在她身份多样，既是一家网络直播平台的主播，拥有百万粉丝，也成立了游戏视频工作室，要走之前同龄人没有走过的分岔小径。

争议

女流的一天从直播开始。

这是下午3点，并不是直播所谓的黄金时间，但12万粉丝已经涌入直播间准备就绪。像往常一样，她从邮箱里复制网友来信，粘贴到屏幕上，开始念出声。

“稳定的人气需要固定玩儿某款游戏，不然换一个游戏走一批人，何况还是受众少的独立游戏，强烈建议至少一半直播时间玩超级马里奥……请务必恢复游戏前的吃饭聊天环节。”

念着念着，有点不对劲，才发现自己正直播的是篇上千字针对她的声讨檄文。女流沉默了一分钟，然后突然开始啜泣。“作为一个非主流的主播，有这样一个人每天出来打击我，我很感动。”她吸了吸鼻子，“我一定要坚持自己的路。谢谢你对我说的每一句话。我虚心接受，坚决不听！”

主播女流常被人评头论足，从踏入直播平台，外界的质疑就没断过。除了抨击她直播玩的游戏太小众，一直持续的话题还有“省状元读完清华、北大却成了游戏主播”。

网友毫不客气地向她“开炮”，比如，“读了北清还去当主播？”“浪费国家资源。”

也不是常有啜泣这么情绪化的时刻。大多数时候她会自我解嘲。一次直播里有人调侃她“明明可以靠才华，偏要靠脸蛋”，她怼了回去：“你说反了吧？”

但最近质疑来得太密集，她决定不忍耐了。

“什么叫浪费？所谓清华、北大的毕业生是不是应该承担更多的责任？这是个人选择。可如果连自己的兴趣也没法实现，自己想要的人生都没有得到，又怎么去谈责任？”女流语速变快，吐出一长串。

4月的时候，她甚至特意跑去知乎回答了“面对喷子，你的心理感受是怎样的？有哪些妥善的应对方式？”的提问，写了近两千字论述网络暴力带给她的思考。“网络暴力就像重力一样普遍，但我从不觉得这种暴力是‘应该存在的’，我要跟它抗争到底。”

抗争的方式，就是做自己。比如偏不换直播的游戏，以及偏要做一个不露胸不发嗲的主播。

她只推荐各种规模不大的冷门独立游戏，入选的标准有两条，一是必须有趣，有创意；再一个，得讲一个完整又动人的故事。

直播两年，第一年播了170款游戏，第二年又播了110款游戏。这听起并不符合直播的某些规律。以至于她的粉丝打赏收入不稳定，有时一场直播会收到上万块的打赏，也有从头到尾都没有打赏的情况。和她拥有同样观看人数的主播，收到的礼物也远比她多。

人人都在谈成功学的时代，石悦称自己有一套“自我成功学”。“我觉得我的世界是我的，我来我走我死掉，选择看什么风景，遇到什么人，跟世界哪一方去沟通，这都是我的选择。”

她还想过，以后要在客厅挂四个大字——自在任性。

“石工”

好多年前的石悦，像是女流的反面。

那时高考结束，老师问她想报什么专业，她直接傻掉。哪有什么自己的想法？连考上清华也都是一个家庭的预案。

如今拿书呆子经历说事儿，石悦对此颇为在行。她称呼那时的自己是“中国应试教育的典范”。“老师说状元一般都选建筑系，我说好啊，就这么去了清华建筑系。”

现在进入直播间，会发现至今仍有网友在弹幕中叫她“石工”——这是对建筑工程师的一种称呼。

这段经历有次还成了高中考试的作文题——“如果你是小悦，

你会选择做游戏主播，还是建筑工程师？请说出你的理由，据此写一篇文章。”

在现实场合，建筑系毕业的石悦也常被问到同样的问题，听起来像是一个人生选择的重要关口。“但实际上早已经有了大方向的决定，只是内心有小小纠结。”

令她感到幸运又不幸的，就是她学了建筑。“它是思维方式，让你去了解人和空间的关系，怎么去满足人的需求来改造世界。这是一种综合能力，我觉得对我一辈子都有益。”这是她的理性。

但感性上，她又燃不起任何热情：“实在太枯燥了，每天要画图、熬夜。我很羡慕我的同学，他们可以常年去图书馆泡着看书，讲设计方案时眼睛里闪着光。”

常有人在小说里写独自身在异乡时的迷茫，在内蒙居住了18年的小镇姑娘石悦对这点心有戚戚焉。

“五道口的路比我们家那宽上一倍，天南海北的舍友说着各种方言。你要说那个时候没有孤独感是不可能的，可能正因为这种迷茫，也坚定了我一定要去为自己做点事情的信心。所以我开始录游戏、解说视频。”

连耳机和麦克风都是从隔壁寝室借的，石悦花通宵给视频配音、做渲染，早晨起来上传到优酷。

注册用户名时，想着玩游戏的女生少，就叫“女流之辈”吧。谁知道有重名，只好改叫“女流”。

“那时一下课，基本是飞奔回寝室打开网站查看视频的播放量，但往往只有个位数，也没人回复。虽然沮丧，但也没停止，就跟写日记一样，当作一种留存，每天下课后，我都花上两小时做视频，给自己充能。”

默默无闻的状态大概持续了小半年，突然有一天，她发觉自己上传的《十大雷人小游戏》播放量比之前多了几个零，很多人评论，“哎呀这个女生玩的游戏好有意思”。当时玩家们中意的都是大型游戏，第一次见到这种偏门小众的独立游戏解说，觉得新鲜，女流也因此“火”了。

一种巧合是，当石悦准备抛弃最接近的成功——如果以钱来衡量成功的话，建筑行业的起步薪酬比她第一个月游戏直播拿到的数目至少要多上一倍。

第一个鼓舞她的人，恰恰是建筑系的导师。

那会儿临近毕业，她一份简历也没投出去，导师急了，问她准备去哪。她内心特别清楚，导师希望自己留在建筑行业，但还是狠狠心说："我要去游戏行业，做游戏解说。"

60多岁的导师对这两个名词陌生得很，听得直发愣。石悦给他看自己做的游戏解说视频，犹豫地问："你觉得靠谱吗？"导师想了想，没直接给答案，倒是说了一个自己的故事：20岁时学建筑，博士读的是艺术史，后来去了房地产行业工作，从没想过有一天会来北大当教授。

"他说，人生就不是规划出来的，都是摸着石头过河，凭着自己的判断走出来。石悦你也一样，既然已经想好了，就去做吧，不要扑灭你心里的小火苗。"

就这样，石悦成了女流，从"中国应试教育的典范"闯入游戏行业，直接跌到"最不务正业"的那一个。

星辰大海

"分享最新最特别的小游戏，大家好，我是女流。"这是直播时石悦使用的开场白。

她在一家直播平台拥有136.5万的订阅量，在新浪微博拥有111万粉丝。除了直播游戏，偶尔也会直播吃饭、唱歌——在竞争白热化的女主播序列里，她自知颜值和声音均不占优势，即使直播游戏，也免不了要迎合新进入的观众。

但为什么是女流成了游戏行业的KOL？

“有的人关注的是学历，有的人是外表，还有人是声音，每个人的点不一样，直播人气高和前边几个都有关系。”她分析说，“但不会仅仅因为我清华、北大毕业，就会有人一直来看我的直播。留下的，都是对独立游戏有兴趣的人。”

女流收入不算稳定，花钱又随性，但对游戏的投入一直持续。有段时间早上起来洗漱完，闭着眼睛先买20个游戏体验后再直播。最夸张的一个月买游戏花了一万多。她还喜欢收集游戏手办，家里堆得满满的，而这些都是用花呗买的。“我的生活还挺互联网原生态的，除了外出工作、健身和旅行，大部分时间就是宅，一个手机定天下。”

当主播除了“宅”，还意味着要经常奔波赶场。她每个月都往返京沪各个站点，机场、火车站成了她除了家以外最熟悉的地方。“常在路上，也不习惯带太多现金和信用卡，直接手机购票，一查花呗账单，全是车票购买信息……有点儿像倒票的。”

有时她也想，如果做建筑师的话，人生会是什么样子？30、40、50……一步一个台阶，未来可以设想。

石悦觉得，她需要一点不确定性，就是那种在大海中冒险航行的感觉。在游戏行业就是这样，一点儿也看不到未来，不知道明年是什么样，也不知道10年后是什么状态。这让她觉得特别刺激。

“人生很短，平凡生活也很枯燥。尽管生活有生活的美，但是以人的经历，能不能走千里路，能不能结识一千个朋友，不是每个人都可以的。游戏就可以提供这样一个渠道，可以用最直观的方式去认识世界。”

现在回想起来，她玩游戏的历史可以追溯到幼儿园，最早是《超级玛丽》，后来《梦游先生》击中了她，《红色警戒》让她去思考策略，《仙剑奇侠传》带她感受李逍遥和赵灵儿的故事。

《去月球》是她现在回想起心头还能为之一震的一款游戏。它的主题是爱，有点科幻的意味。游戏里她的身份是个医生，通过更改病人的记忆让他实现生前未实现的愿望。记得玩通关的时候，朋友拍了一把她的肩膀，她一回头，对方吓一跳——她当时满脸都是泪。

“游戏的魅力就是这样，让人彻底忘掉自己，沉浸在虚拟世界里，以另外一个人的身份走完一段人生。等再从这个世界中抽离出来时，整个人的精神世界都因此发生变化，更多元，更完整。”

在石悦的认知里，游戏这种爱好，跟喜欢科幻小说、天文地理没什么区别。

“其实宇宙跟我们有什么关系呢？为什么人类还要去探索？这就是人的好奇心和求知欲。我们一定会对五谷杂粮以外的星辰大海感兴趣。”

对她来说，游戏就是这样的星辰大海，也是她要继续走的分岔小径。

中国女拳王：女人没什么不能做的

文：单子轩

高丽君认一个理儿：男孩子能做的，自己也一样可以做到，不希望别人用性别来限定自己。

在旁人眼里，高丽君干过的很多事儿，都不是平常女孩子该碰的事情。

她从小就爱下河摸鱼、登高爬树；上学后，她练散打，成天都在“打打杀杀”；她曾经的理想是当特警，后来去做了职业女拳击手，还成了中国首位世界职业女拳王。

戴上头盔、拳套和护腿，踢起靶子来砰砰响，震得人耳朵都疼，好在黄头发、橘红色脚趾甲和花纹短裙还能提示：这个拳击手是女人。

跟高丽君对打的男队友都得忘了她的性别拼上力气跟她打，否则几拳下来就可能被她撂倒在地。

她的心里一直记着一件事。小时候过年分红包，堂哥堂弟的是10块钱，高丽君只有5块钱。“为什么我是红色的，哥哥弟弟是绿色的？”家人回答她，女孩子都是5块钱。打那之后，她再也不肯要爷爷奶奶的压岁钱。

从此，她开始认一个理儿：男孩子能做的，自己也一样可以做到，不希望别人用性别来限定自己。

“女孩子不该这么做”

“你是不是个男的啊。”朋友打趣高丽君说。

最近，她刚刚测了一次生化指标数据，睾酮素1.8nmol /L，比有的男性还要高。这意味着作为拳击手的她，在运动中更有活力，长于进攻。

实际上，高丽君的睾酮素和血红蛋白指数一直高于常人。后者代表单细胞带氧功能，意味着在局间休息的时候恢复状态、重新投入战斗的能力。两者都是对抗性运动中最重要的生理指标。

她还有一副为了格斗而生的皮囊。一般的拳手都要通过手术拿掉一块鼻骨，以防比赛中经常受伤流血——而鼻梁挺拔的高丽君，鼻骨却天生很短，用手指轻摁，鼻头下侧便能碰上脸部的皮肤。

但在当初选择做女拳击手的时候，身边的人几乎全都不理解她。许多亲戚都议论，一个女孩子，形象气质都还不差，何必每天都“打打杀杀”？

“女孩子不该这么做”，就像警钟一样，从小就在她耳边响起。

小学六年级，她瞒着家里人练中长跑，每天早晨沿着鸭绿江从13号坝门跑到0号门，放学后又是几百圈。一双白鞋穿不上一个星期鞋底就会磨破，露出大脚趾头。跑得多，高丽君的脚也长得快，要穿38码的鞋子。她的大妈（丹东人称父亲的嫂子为大妈）觉得女孩子脚大了不好，便劝她母亲：“买37的，把脚挤小一点。”

后来，她初中毕业进了一所类似于警察后备班的职校上学，练起了散打。每次看到她身上青一块、紫一块的痕迹，姥姥也劝她不要练了："一个女孩子家，不要天天被人打。"

受到这种性别带来的歧视后，她会对镜子里的自己说一句："我很爱自己，我很棒。"

直到高丽君打比赛拿了奖金，给家人买了礼物，他们才开玩笑说："打人好，还能赚钱。"奶奶态度变了，攒了钱，往高丽君口袋里塞，而不是给堂哥堂弟。

高丽君接触拳击是在上海体育学院读大二的时候。那会儿，她是家族里第一个考上大学的人。在校外找兼职时，她遇到了一名拳击经纪人。她看的第一场职业拳击比赛，是2005年北京举办的IBA职业拳击冠军赛。印象最深的是美国女拳击手米娅·圣·约翰，"穿的那套粉色小短裙、小胸衣，特别漂亮"。她还去看了1999年米娅为《花花公子》拍摄的封面照片——一头披肩发，橘色的拳套和短裤，却姿态妩媚。

高丽君终于知道，"原来女人既可以这么有力量，也可以这么时尚、漂亮"。

她也想做一个拳击手。

很多事情，男女都能做，但价值不一样

2006年3月，高丽君被韩国人金哈娜选为争夺WBA女子世界金腰带的对手。

那时，高丽君刚练拳击7个月，而且还受了伤。而金哈娜不仅是职业拳击手，还有跆拳道三段、柔道四段等名号。韩国人对这条金腰带志在必得，于是选了高丽君这个伤员。有媒体报道说，韩国人已经在准备庆贺了，人们都觉得高丽君只是来配合走个过场。

韩国全州华山体育馆，梳着一头细辫子的高丽君和韩国拳手金哈娜争夺WBA126磅级别的金腰带。这场比赛通过MBC和ESPN向全球同步直播。直播间的评论员在讨论，金哈娜会在第几个回合结束比赛。

高丽君鼻翼和牙套上都沾着血迹——前四回合她一直处于劣势，双眼被打得充血，看人都是双影。拳台下的教练一直用上海

话向她大喊："给她点距离。"于是，接连几回合，在金哈娜冲上来的时候，她都抡起后手使出摆拳或者平钩拳，直奔着对方的下巴颏去。

高丽君手长脚长，有着这一重量级里最高的身高，拉开的距离让拳头形成了巨大的冲击力——对方连续被击倒在地，下颏也被打碎了。

现在回想起来，对于比赛中的转守为攻、胜利后的拥抱与哭泣，高丽君已没有太过深刻的记忆了，只记得备战时每天训练都是"训到快要死掉"。

被问及训练中学得最艰难的动作，她说："每一个都难。"

每天下课，她在上海体育场的地下训练室，和几个男陪练轮流打上十几回合的实战。

辽宁散打队的男队友齐庚鑫说起以前和高丽君实战练习的时候，一打起来"从来不把她当女的"。被击倒、再站起，她一遍遍地对抗身体的局限。

荣誉过后，金腰带对当时的高丽君而言，不是职业拳击生涯的新起点，反而是落幕。拳击是个效率惊人的赚钱机器，但只适用于男子拳击——在国际范围内，女子拳击的市场价值和普及度与男子项目都相差甚远，顶级男拳手一场比赛能卷走1亿美元以上的收入，而女子选手至多能拿不到20万美元的出场费。

也就是说，女人打职业拳击，很难挣大钱。

她终于意识到，很多事情虽然男女都可以做，但是所能获得的认同和价值，可能还是不一样。

作为女人，“没有什么该做，什么不该做”。

她放弃了拳击，转头做起了销售。她向往成为office lady（办公室女郎）的模样——赚了工资之后，她最喜欢的就是去商场买裙子、鞋子、包，遇到喜欢的，甚至会把所有颜色的各买一样。

她喜欢高跟鞋，但是过去做运动员担心走路会伤到脚踝，从来不敢穿。过年的时候，她曾经偷偷穿起妈妈的高跟鞋，跑到院子的雪地里玩儿，在车上跳来跳去，一不小心折断了鞋跟。

之后，她做过销售、市场、地产、财务。去年8月又和3个打拳结识的朋友在上海开起了一家格斗俱乐部。合伙人都是男性——高丽君从小就是男生朋友多，跟娇滴滴的女孩子玩不到一起去。

拳馆从筹备到成立只花了4个多月，起初许多朋友都说高丽君做不到。也有人劝她，“放着好好的班不上，干吗又去折腾创业”。

开业那日晚上，她发了一条微信朋友圈：“那些说我做不到的人，现在被啪啪打脸了，我要开始删人了。”发完，她一个个地把曾经否定自己的人从好友列表里移除。

高丽君直爽惯了，说起话来时常扬起手掌，语速飞快，像连珠炮一般，拳馆里属她音量最大。创业开馆之后，每有争执，几个男合伙人时常插不上她的话，只得等她劈头盖脸地说完，再慢慢讲道理。

合伙人易川形容高丽君是个“女神经”，性格风风火火，直来直去——在他的手机通讯录里，高丽君的名字叫“东方不败”。

一次，高丽君对着一名训练迟到的会员大喊：“你出去吧，不用练了。”她嘴边又嚷着，“训练必须有规矩，无规矩不成方圆。”

易川和另一位合伙人拉着她在前台吵了起来：“和客户的沟通方式不能用运动队里那一套。”后来大概是觉得自己不对，高丽君就嘟起了嘴，翻着眼睛不作声。

正当女老板做得舒服的时候，今年6月，最顶级的MMA综合格斗赛事之一UFC向高丽君发出了邀请。34岁的高丽君要去美国参与训练。对她来说，这种规则开放、既可以站立打击也允许地面缠斗的综合格斗，是一个不同于单纯散打和拳击的未知世界。

在出国前的一次聚餐上，趁着高丽君还没到，易川问她的丈夫，对她去美国这事究竟怎么想？跆拳道运动员出身的丈夫顿了两秒，说：“还是支持她。”

她也问过自己，在本该相夫教子的年纪、不愁生活的情况下，重回擂台与人搏斗，究竟是为了什么？答案是，做自己想做的事，而不是因为自己是女人，就得“什么该做，什么不该做”。

骑哈雷、走西藏、穿旗袍，73岁的她可能是全中国最时尚的奶奶

文：肖舒妍 单子轩

黄炎贞没想过，自己会在古稀之后从轮椅上站起来，成为“时尚大片模特”。

如果不是银色头发暴露年龄，很难相信一身黑色皮衣、跨上哈雷摩托的黄炎贞今年已经73岁。

因为这组时尚大片，她成为“哈雷奶奶”，走红网络。

“哈雷奶奶”的“战绩”还包括：走秀、街拍、微电影主角、

穿旗袍去最高的玻璃栈道、克服高原反应进藏、骑白马穿越大漠、抵达青海湖、登上布达拉宫——这位酷到没边的老太太，还不知道下一个目的地在哪里。

这简直是她之前人生的反面。那时她是三明钢铁厂的女工，家庭主妇，退休后意外摔伤，倒摔出“打破自身限制，完成年轻时梦想”的愿望。

她甚至觉得，再没有比现在更好的年纪了，因为可以掌控人生，自由作出选择。

双面人生

哈雷摩托的主人第一次见到黄炎贞时，几乎忘了她的年龄，只注意到她的个头，足足有1米7，点了点头说：“嗯，身高足够，能驾驭得了。”

黄炎贞舒口气，才放心换上黑色皮质服装，戴上墨镜，捧起摩托头盔。

手扶哈雷把手的一刹那，她心中涌过一阵激动，觉得拍照的感觉肯定对了——这不就是自己年轻时骑着摩托车、风驰电掣跑市场的情景吗？

因为帮自己的爷爷打造过一组时尚大片而走红的小野杰西之所以注意到黄炎贞，是因为看到她参加中国旗袍大赛时拍摄的一部微电影《忆芳华》。黄炎贞饰演的姐姐身着旗袍，每个眼神都饱含情绪。

小野杰西被黄炎贞的优雅大方打动，联系对方拍摄照片时，却有了不一样的想法："奶奶平时都是穿旗袍比较多，不如来点酷的、年轻时尚的照片作为对比。"在厦门老渔村的摩托车训练场看到这辆哈雷时，小野杰西觉得，他知道要拍一组怎样的照片了。

拍摄当天正好赶上沙坡尾30多度的高温。黄炎贞穿皮衣皮裤，全身被汗水浸透。"但如果能影响到和我一样年龄的人，我全力配合。"她说。

如果把镜头拉远看黄炎贞的一生，是一个时代中国奶奶的典型经历：1944年出生的她，15岁未满就变着法儿进了三明钢铁厂做工，19岁结婚生子后，赶上那个时期丈夫下放，独自抚养子女，50岁退休后骑着摩托车跑了好些年的钢材生意。

从现在往前看，两年前髋关节骨折险些导致终身瘫痪，7年前从地铁站跌落，颈椎受伤手腕骨折，10年前医生曾告知她，经历过两次膝关节手术后她可能要终生与轮椅为伴。在任何一个时间节点上，黄炎贞都没有想过，50岁前还没出过福建省的自己，会在古稀之后从轮椅上站起来，成为“时尚大片模特”。

旗袍情结

还没换上旗袍演出服的黄炎贞一袭绿色长裙，身板儿笔直，虽然穿着平底鞋，走起路来却像蹬了高跟鞋，头顶提着一股气儿。

这是今年5月，天猫2017趋势发布会的彩排现场，黄炎贞作为“人设自由”的趋势证言人受邀参加，就在演出厅外，她来回走了好几次台，问导演：“这个角度走出来和在舞台上还是不太一样？”

一遍彩排结束，听到导演的肯定她才松一口气，喝上几口水。反复排练三次，她又拿着视频独自到一旁琢磨动作。现在的黄炎贞已有多次走秀经验，但上台前还是会紧张不安。等真正到了舞台上，又会气场全开。

黄炎贞的生活里处处是旗袍，款式各异，即使不穿，她也喜欢打开衣柜一件件细细地看。对旗袍的爱可以追溯到童年时母亲的影响。三四十年代正是旗袍时兴，黄炎贞的母亲每天出门都会绾好发髻换上旗袍，打扮得齐齐整整。

集体主义的时代，从早到晚学习电焊、水焊，还要推着独轮车搬运大块的生铁，哪里有机会穿得了旗袍。只有宣传队演出的时候，黄炎贞才能脱下工作服。

等到了这个年纪，黄炎贞立志要来弥补充满缺憾的青春，才真正穿起旗袍。在她眼里，“旗袍和时尚并不矛盾，古典的旗袍我们也可以穿得很时尚”。

她喜欢在穿旗袍时搭配别的饰物。比如一顶维多利亚风格的帽子，小巧精致的呢料贝雷帽，或是造型夸张的宽檐帽。有英伦风的优雅，也有中国风的古典。

但最终让她能把旗袍穿上走T台，女儿算是启蒙老师。

黄炎贞自小个子高挑，爱好文艺，常被挑选参加各类演出，女儿出生后，继承她的基因，她常觉得，似乎在女儿身上看到另一个自己。

90年代初，香港流行的礼仪小姐热传到了内地，福建举办了第一届大赛，黄炎贞19岁的女儿报名参赛。她瞒着女儿，一路“跟踪”到决赛现场，有了自己也要走秀的想法。

获奖的女儿开设了一个走秀班，黄炎贞成了她第一批的学生。

训练并不轻松，步法、手势、眼神，一个都不能少。2015年参加海峡两岸旗袍文化节，离黄炎贞髋关节骨折不过半年，她每天还得进行几小时的训练。对于当时的她而言，在舞台上的每一步都像踩在棉花上。只要撩开旗袍，就能看见大腿上贴满膏药。每比完一场，就得换一帖，换到最后，皮肤都扯破了，也得照常上台。

为自己而活

提到自己重新开始的生活，黄炎贞形容说：“这叫‘摔’出来的人生。”

她的身体一直不太好，大大小小的手术做过七八次，又常发生意外。2010年到上海参加世博会，出门第一天就在地铁站摔倒。后来和女儿共同报名参加2015年5月举办的首届“中国旗袍文化艺术节”，比赛前一个月，她又摔跤了。

她错过了比赛。当天把自己锁在房间看电视直播的黄炎贞，目睹电视中全球20万女性同时穿上旗袍，创造吉尼斯纪录，想到其中本该有自己，难过得直掉眼泪。

原本下决心努力康复，又遭遇卧病在床的老伴忽然离世。好几个月里，她默默不语，躲在房中，一个人写日记，后来才想通：“我不能再倒下了，我一定要站起来。接下来我要为自己而活。”

自此，黄炎贞的生活像上了发条，小野杰西时尚大片刚结束，去年6月，在儿子的陪伴下，她第一次前往西藏。

进藏是黄炎贞和去世的丈夫多年的心愿。早在80年代，青藏铁路刚开始修建，丈夫就和她约好了一起去西藏，后来始终都没有机会。当时两个人都在工厂上班，退休后又四处跑生意，接着孙子出世、上学，丈夫又病倒了，她只好留在家中照顾丈夫。

从西宁下飞机坐车到青海湖，儿子指着湖边的马队问：“要不要骑马？”

从未骑过马的黄炎贞慌忙摆手拒绝，但儿子不顾反对，一把将母亲抱上了马背，“既然来了，什么都要尝试一下。”

沙地松软，马蹄踩在地上一深一浅格外颠簸，马背上的黄炎贞悬着心战战兢兢，只好不断告诉自己：“大不了摔下去，都是沙地，不会比我摔在花岗岩地板上更痛。”这样一想，心里反倒轻松了。儿子骑上另一匹马，从后面追赶上来喊了一句，黄炎贞一回头，向他竖起大拇指，相机抓拍到了这一瞬间。

之后坐火车进西藏，黄炎贞克服了剧烈的高原反应，上布达拉宫前，儿子鼓励母亲：“要是走不动了，我就雇人抬您上去。”

但是黄炎贞挽着儿子、拄着拐杖，一级一级走上了布达拉宫400多级的台阶。走到顶端的那一刻，她觉得自己再也没有遗憾了。

对比起同龄人多半待在家中、困于生活琐事，黄炎贞觉得自己幸运。“他们偶尔会说生活失去了意义，但看到我的经历，也动了出去走走的念头。”这是她现在的经历带来的另一层意义。

如今黄炎贞已经无比熟悉旅行。“你把她扔到任何一个地方，她都能打开手机叫上一部专车找到路。”卫卫形容说。除了打车软件，她的手机里还装满各类APP，常用的还有微信、微博、淘宝、天猫。排练刚结束，她刷起了物流信息，看看前几天买的护膝到了没有。

卫卫觉得，这对黄炎贞来说，也是最好的晚年人生：“活了那么多年，都是以家庭为重，现在终于有机会为自己而活。”

陶华碧：封闭的王国和低调的女王

文：郭彦博

在互联网上，陶华碧被90后称为“国民女神”。留学生群体在国外超市花高价买走老干妈辣酱，从豆豉和辣椒的香气中吃出“家乡的味道”。有国外网友说，“当你和中国女人结婚的时候，等于娶两个女人：你的未婚妻和陶华碧。”

1

贵阳南明的老干妈厂，像是一个封闭的红色王国。

王国面积方圆数里，盘亘在贵阳市东南郊龙洞堡云关村的一片山坡上。整个厂区夹在两条高速公路之间，仅有一条几米宽的马路，可供行人和红色油罐车往来出入。

装饰风格实在太过低调，以至于让王国看来有些土气。外墙要么用农家院常用的白色瓷砖，要么刷上一层白漆，有的建筑干脆裸露着斑驳的水泥面。辣椒的味道弥漫在空气里，起东南风的夏天，辣椒炒熟后的香气据说可以飘到10公里外的贵阳市区。

超过4000名工人裹在蓝色制服里。一天10多个小时的工作时间，他们在厂房、食堂、宿舍之间三点一线，脖子上挂着的红色工牌是他们出入王国的唯一通行证。

厂门口巡视的保安目光警惕，不容王国有任何来自外界的窥探，陌生人拿手机拍照即会遭到盘问。进出王国更要严格查证，“如果没打招呼，就算当地领导来了，也不会放行”。

红色，是王国的主色调，也是王国唯一的女王陶华碧最喜欢的颜色。

这种专属于辣椒的红色，出现在王国的每寸领土上。红色绸布中间裹成绣球，两侧留出绸带，悬在王国的每栋门上。从车牌号“贵A8888”的限量版劳斯莱斯，到数十辆涂成红色的大货车和油罐车，后视镜上一律系着红布。

女王陶华碧就住在装饰蓝色玻璃外墙的行政楼里。这栋6层高的建筑，横平竖直左右对称，据说原是当地乡政府的办公楼。

楼顶上起装饰作用的飞檐，让行政楼看起来像是女王王冠上的冕旒。两人多高的老干妈3个大字在夜里亮起时，即便几公里外的高速公路上也清晰可见，仿佛在向世人宣誓着王国的权力和财富。

2

女王陶华碧白手起家，创造并守护着王国的巨大财富。

1989年夏天，贵阳206地质队一名李姓会计的遗孀陶华碧，用捡来的砖头和石棉瓦搭成了一间不足10平米的凉粉店。

开业第一天，陶华碧只卖出7斤凉粉，没想到凉粉的免费佐料——她自制的风味豆豉辣椒酱却被食客们抢光。“老干妈”的名号很快在附近的高校学生中叫响，再由来往的大货车司机传遍云贵，最终征服了中国人的味蕾。

7年之后，陶华碧的红色王国正式奠基。刚开始，女王的追随者只有40名工人，厂房是从云关村村委会租来的两间平房，包装瓶贴由大儿子李贵山设计。瓶贴上用了那张著名的肖像——陶华碧系着白色围裙，身体微侧，眼神里有一股子用不完的执拗和倔强。

对于生在红色年代、崇拜毛泽东的陶华碧来说，积累财富的过程像是一场永不止息的战斗。

经过21年的苦心经营，老干妈辣酱在行业内几无敌手，女王陶华碧却依然在王国里深居简出。她的办公室连着卧室，从建厂那天起，吃住都在厂里，极少在外界露面。儿子和秘书安排她外出旅游，才过没两天陶华碧就要求回厂，“听不见厂子的瓶子响就睡不着觉”。一名追随女王多年的下属称，陶华碧仿佛是为辣椒而生的。

她每天早上7点起床，每晚7点必看央视新闻联播，不管忙到晚上几点，当天能处理完的事绝不留到第二天。三餐求简，吃不惯大鱼大肉，不管什么蔬菜，只要有辣椒就行。她容不得任何浪费，有员工见过她去食堂和工人一起吃饭，不锈钢餐盘里一粒米都不剩。

回忆创业历程时，陶华碧常会用到一个词，“干仗”。

早年开饭店，遇到环保、城管、工商吃拿卡要，沾火就燃的陶华碧拿起炒瓢就要干一仗。“你要钱可以，但是要正当，礼拜天不穿制服不带证件来店里，是不是来白吃的？我不是随便可以欺负的，我就要打你！”

为贵阳当地企业家津津乐道的是，陶华碧还曾为了纳税和当地税务部门“干仗”。据说，有一年因为税务部门少统计了30万，老干妈厂成了南明区纳税第二名，陶华碧直接爆粗口打上门：“给老子查清楚！”

女王坚守着致简的商业理念，老干妈官网上对于自己企业的介绍只有短短一句话。她不上市、不融资、不贷款、不做广告，认为“上市是欺骗人家的钱，一上市就可能倾家荡产”。有官员曾劝她投资房地产，陶华碧却说，自己这辈子干好辣椒这一件事就行了，钱来得再快，也不能贪多。

8块钱一瓶的老干妈辣酱，是王国的红色造血细胞，不计日夜为女王创造着财富。据媒体报道，每天有超过230万瓶辣酱从王国里输出，带回超过45亿元的年营收额。陶华碧位列《2016胡润中国百富榜》第487位，在全球富豪榜上排名1819位。

在互联网上，陶华碧被90后称为“国民女神”。留学生群体在国外超市花高价买走老干妈辣酱，从豆豉和辣椒的香气中吃出“家乡的味道”。有国外网友说，“当你和中国女人结婚的时候，等于娶两个女人：你的未婚妻和陶华碧。”

3

与王国快速增长的财富和老干妈品牌的熟知度形成鲜明反差的是，女王陶华碧至今仍保持着绝对的低调。

陶华碧从来不接受采访，几乎是贵州媒体圈的共识。十几年来，少有记者能约到陶华碧，回绝的理由出奇的一致：身体不好，工作太忙。有记者曾试图通过当地政府宣传部门联系陶华碧，厂方的回复是：“老干妈说自己没文化不识字，接受采访不知道说什么，害怕说错了，还是算了吧。”

2008年全国两会上，鲜在公开场合露面的全国人大代表陶华碧成为媒体追逐的对象。2012年，一张陶华碧戴皮帽穿皮大衣的照片在社交媒体上热传，吃惯了老干妈辣酱的网友兴奋异常地留言：“令无数男人欲火烧身，热血沸腾的女人出现了！”

陶华碧在媒体镜头前依然能躲就躲，惜字如金，在记者围堵中“坐得像一尊佛，任凭你怎么问，就是不开口”。

就连官方活动，陶华碧都很少参加。一名贵阳当地官员回忆，他曾在一次重要会议上见过陶华碧，省里领导点名让陶发言，老太太就是不说话，只让秘书代其发言。

从2016年开始，陶华碧连续两年缺席全国两会，请假的理由是身体问题，颈椎、肩椎不好。一名接近陶华碧的人士说，陶华碧早年常背百斤重的背篼在龙洞堡山间卖货，过重的负荷让她落下难以治愈的肩周炎和颈椎病，至今仍需贴膏药缓解。

封闭的王国和低调的女王，却是贵阳的代名词之一。曾有贵阳当地创业者做过一个“外地人对贵阳印象”的调查，答案里最多的三个词是：穷、远、老干妈。

贵阳当地作家李运娥从未见过陶华碧本人，收集到的故事却已足够她写成一本30万字的小说《云关村与老干妈的故事》。李运娥说，陶华碧曾悬赏500万请人给她写本书，最终也因工作太忙无疾而终。

陶华碧的创业史在贵阳人中口口相传。地质队家属院的老街坊说，陶华碧是当年家属院里起得最早的一个，人勤快、能扛事，是不识字的陶华碧成为亿万富翁的秘诀。贵阳市图书馆一名图书管理员说，讲诚信、不偷税，是陶华碧对抗复杂地方关系的保护伞。

龙洞堡机场接活儿的出租司机们，随口能讲一堆真假难辨却大同小异的陶华碧发家故事。路过老干妈厂时，他们会指着环城高速边上的厂房介绍，“老干妈厂就在这儿，陶华碧就住里边，”言语里满是自豪。

4

长久以来，陶华碧和她的红色王国都隐藏在神秘之中，以至于3年前“陶华碧不再持股老干妈”这样的重磅消息，直到今年春节后才被媒体发现。

目前，老干妈公司股份由陶华碧的两个儿子持有，大儿子李贵山管市场，二儿子李辉抓生产，陶华碧依然是老干妈董事长。

两个儿子似乎也继承了陶华碧低调的行事作风。在公开资料里，仅知道李贵山当年从部队转业后在206地质队汽车队工作，后来辞掉工作随母亲创业，成为老干妈第一任总经理。

2008年，小儿子李辉接棒成为总经理，并任职至今。

拥有绝对权力的女王，似乎已经做好了隐退的一切准备。

如今，70岁的陶华碧坐拥70亿身家，仍保持着开凉粉店时的作息习惯。除了偶尔和周围的老太太们打打麻将，陶华碧几乎没有什么业余爱好。

云关村村民中流传，陶华碧是打“捉鸡”——一种贵阳当地流行麻将玩法的高手：胜负感极强，善于记牌，很少点炮。

故事真假难辨，但身边人介绍，陶华碧确有惊人的记忆力，能记住公司很多人的姓名和生日，秘书为她准备的讲话稿，听上几遍基本上就能一字不差背下来，财务报表听上一两遍就能记住，并很快心算出进出总账。

女王仍要亲理王国的日常运转。公司账目清晰，辣椒、大豆、菜油进货多少，辣酱卖出去多少，每笔账都要陶华碧亲自在文件右上角画个圆圈。她生于贵州湄潭一个贫困家庭，从小不识字，后来才学会了写自己名字，批文件时才一笔一划写下“陶华碧”3个字。

身边人说，直到现在，陶华碧还亲自主持研发新产品。她对于辣椒的熟悉和敏感度无人能及，为保持灵敏的味觉和嗅觉，不喝茶不喝饮料。采购的辣椒她都要亲自审看，拿鼻子一闻就知道好不好，拿到竞品辣酱，尝一口就能做出同样的味道。

女王性格也像极了辣椒，她性子火爆、恩怨分明。一位追随陶华碧多年的工人说，老干妈性子上来，难免训斥打骂员工，但她把员工看作自家孩子，还曾主持员工的婚礼，有位保安得重病要透析，陶华碧知道后当即签字拿钱，嘱咐“别在乎钱，治好为止”。

管吃管住，普工薪水至少超出当地平均水平500块，这为王国吸引了大批慕名而来的劳动力。78路公交车从火车站直达云关村，公交车司机见惯了背着大包小包的年轻人，他们从遵义、毕节一些偏远山区应聘而来。

每月月中，刚发了薪水的工人排着队，小半天儿就能把厂门口ATM机里的现金取光，这也是工厂附近小商店和小摊贩生意最好的时候，在这一天，零食、香烟和洗漱用品通常会卖断货。

一家小商店开在女工宿舍门口不远，廉价的被褥和枕头专门针对新入职的老干妈员工，会讲价的100块就能拿走一套。老板娘说自己认识陶华碧的小儿子李辉，时常见到这位初中同学从自己店门口路过，却没有打过一声招呼。“人家发达了，搭上话也不知道跟人家聊什么对不对？”

云关村已经拆得不成样子，大部分村民已搬走，按照贵阳市南明区的整体经济规划，这里将成为食品工业园。老板娘仍守着自己的小店，试图多谈些拆迁款，十几年来，她见证了路对面的王国不断扩建厂房，一点点扩大领土范围。

天气好的时候，老板娘时常看到陶华碧在厂里转悠，老太太绷着脸，像是在守护着什么。

菜市场女王：一个北漂的奋斗史

文：黎诗韵

张小华用14年时间，经历了三源里菜市场变成全北京最有名菜市场的过程，也让自己成了其中最特别的吃货。

20年前的1997年年底，张小华从老家福建来到北京，成了一个北漂。

她至今记得全家挤在一间不足5平米的出租房的日子。她也还记得，怀孕8个月的时候，一个大雨的清晨，她拉着600斤白糖给客户送货，骑着三轮车从城东蹬到了城西。那时她全部的想法，是赚钱给家人提供更好的生活。现在，她在赚钱里享受美食和与人交流的乐趣。

改变，从张小华在北京三源里菜市场买了一个摊位开始。

1

2003年春节，三源里菜场还和普通菜市场无异，道路两边是卖水果的，中间卖菜，摊位也不是开放式的，客人进店选购食材，就像钻洞一样。

张小华卖花椒、大料、酱油、醋这些传统中式调料，食材本身并无特色，生意不咸不淡。雪上加霜的是，两个月后，非典来了。菜市场关门了，她短暂地回了趟老家，非典过去后立即回到北京，重新开张。

起初，张小华的生意并不好，她的福建口音重，顾客常常听不明白，有时一天100元流水都达不到。万一再碰到假钱，基本就相当于一天白干了。吃过几次亏之后，张小华学会了看百元大钞上毛主席的衣领，通过有没有褶子来判断钞票真假。后来她买了一台验钞机，不过验钞机有时还不如人眼靠谱。

生意虽然并无太大起色，但她始终以笑脸迎人，只要有顾客上门，她就主动介绍自己琢磨出来的广式煲汤法。一来二去，顾客成了朋友，顺带把调味品买了。

刚搬进三源里那阵，张小华每天摆摊到很晚，收摊后还要给饭店送货。“我姐、我妈打电话问，你回家了吗？我说回家了，已经吃完饭了，其实我还在路上送货呢。”

这些年，三源里菜市场一直在悄然发生着改变。2004年更换了地面瓷砖；2008年奥运会前又全部换成大理石，并完善了下水道；2013年，菜场进行了封闭改造，更换了昔日的小门头，还开辟了一块微型停车场，专门停放商户小推车，结束了原来扰民占道的历史。

门面不断升级改造的结果，就是附近过来买菜的外国人越来越多，甚至占据了客流的二分之一。2008年，泰国前总理沙玛访华，提出要去三源里菜市场“故地重游”。原来，他在北京工作时就在三源里买菜，最喜欢吃那里的烙饼。

菜场的变迁也给张小华带来了机会。一次，一个泰国顾客送给她一份当地食材，说是一种泰国人最爱喝的汤，叫冬阴功汤。她回家后拿这些食材做了汤，喝汤的一刹那，她几乎陶醉了：为什么不放醋会有酸味？不放味精会有鲜味？不放糖会有甜味？因为酸味来自柠檬，提鲜的是鱼露，甜味是椰树糖，香是柠檬叶的香、茅草的香，全部是植物做出来的美味，不是兑勾出来的。

客家人爱吃是全国闻名的。张小华小时候生活在农村，吃的都是原生态的东西，没有任何勾兑的调料。那碗冬阴功汤好像唤醒了她的味觉记忆。看着摊位上的酱油醋，她觉得这不是她喜欢的，一个真正热爱美食的人不应该把它仅仅当成一个生意，她卖的东西一定是她自己真正爱吃、认可的食物。

她决定放弃原先的调味料，开始经营东南亚食材。

怎样才能在北京喝到这样的冬阴功汤？最初，她用一些国产食材来替代，但怎么煮味道都不太对。因为泰国的气候一年四季都是夏天，长出来的东西比较甜、比较香，而国内是季节性的，食材的甜度、酸度和香度都达不到。发现这个问题后，她决定去泰国寻找食材。

2

到了泰国，张小华去了曼谷郊区的一个普通农贸市场，走进市场的那一刻，看到各种海鲜、香茅、咖喱、香兰叶……她一家一家问，一家一家比，终于找齐了制作冬阴功汤的全部食材。

回国后，她把食材分装成小包，每个小包里都装着泰国青柠檬、小红葱头、柠檬叶、香茅、南姜，爱吃辣的还会加小米辣椒。她还把做法写在A4纸上，写完了复印很多份，每来一位顾客，她就笑吟吟地讲一遍。“要不要尝尝东南亚的酸辣汤？”

当时北京的东南亚餐馆还不多，在自家做东南亚食物的人就更少了，所以张小华一直觉得，整个北京第一个研究出冬阴功汤做法的人就是她。

在泰国的时候，张小华还发现当地人吃什么都用一种特别的沙拉汁来蘸，酸酸甜甜的很好吃。也许是因为张小华对食物的味道特别敏感，泰国沙拉汁中的13种食材，她一下子就分辨出了

10种。接下来，她拿着从泰国进口的食材各种试，最后的配方是把南姜、柠檬叶、香茅等食材剁碎，像制作酵素一样将它们盖起来，等它们自然发酵，一晚上就试验成功了。

从那之后，她开始专门经营东南亚食材，自己家做饭也再没有用过那些加工出来的调料。她吃的酸，要么是柠檬酿的酸，要么是米酒酿的酸。“我卖出的每一样食材都以健康、自然为标准，采购做冬阴功汤的西红柿，也会到菜地里去看，如果地里一根草都长不起来，西红柿长得再好也不会要。”

客家人不怎么吃辣，但北方人爱吃辣，张小华就自己研究了一种辣椒酱。她想了各种各样的配方，辣椒、菜籽油、花椒、麻椒选的都是最好产地的，先炒花生米、鸡肉碎，放少量的油炸一下，然后小火熬辣椒油，放花椒麻椒一起，炸一段时间后捞起来，再放辣椒，慢慢熬，熬完了再倒回去一起重新熬，总共需要熬7个小时。

“我的标准就是那个辣味不能到胃，咸度也要适中，我用的是火山玫瑰盐，喜马拉雅的山盐，最好是吃下去出一身汗，点到为止。”她说。

还有酸梅汤，她是用11种食材配出来熬煮的，包括乌梅、山楂、甘草、黄芪等，喝起来酸酸甜甜，有种淡淡的药材味，最重要的是没有添加糖，而是用了南方的一种植物糖——甜叶菊，甜度很高，但不会给身体带来过多负担。

张小华会在自创的薏米水里加香兰叶，因为香兰叶的清香能给她灵感，她还用它来焖米饭、煲汤，做很多菜。后来，她还加了伊朗的无花果和客家的冬瓜糖。“把洋薏米浸泡10分钟，冬瓜糖和无花果切碎，香兰叶洗净打结。先用香兰叶煮水，再煮10分钟洋薏米，最后加入切好的果肉煮30分钟。也可以把所有食材一起放入高压锅，加3升水煮30分钟，最后滤出的汁是饮品，剩下的食材渣还可以做一个甜品。”

她还研发了很多汤谱，比如花旗参响螺片鸡汤、霸王花海底椰玉米猪骨汤、鸡骨草扁豆猪骨汤、羊肚菌炖排骨汤、菜干鸭肾蜜枣瘦肉汤……

因为三源里离使馆区很近，外国顾客多，她也会根据他们的需求去进一些食材。渐渐地，这个菜市场就变得和别的菜市场不一样了，张小华也变得不一样了。

3

张小华从来不认为自己是一个“卖菜的”，她说自己像是一个画家。“食材就是颜料，它们给我灵感，让我创造出各种不同的食物。”

在她看来，三源里菜市场原来就是个再普通不过的菜市场，但现在，它已经成了北京最特别、最洋气的菜市场，很多在别的菜市场见都见不到的食材在这里都能买到。每年，菜市场还会和艺术家联合搞一些艺术作品展览，它早就不是一个简单的菜市场了，它完成了一次蜕变。

从2005年开始，随着生意越来越好，她的熟客遍及北京。

2006年，有一位意大利的熟客要离开中国，特意赶来谢她，并赠送了自己的名字“Lisa”给她，她特别珍视这份情谊，把店名改成Lisa's shop。

2012年，张小华贷款在北京买了一套150平方米的房子，全家搬出了原先那个只有五六平方米的出租屋。那里曾经住着张小华夫妻及2个孩子，还有公公婆婆，连洗澡的地方都是在外面搭一个塑料布围起来的棚子。

2016年，张小华在泰国买了一个农场，专门种植香茅、南姜、柠檬叶还有芒果，供应国内食客。

现在，很多明星都会去她的店买食材，陈小春经营的餐厅就从她店里买胡椒粉，他觉得她卖的胡椒粉非常地道，没有任何添加剂。

林依轮也会经常去她店里买一些香料和中草药，有时拿着很大的罐子去装。

谢霆锋在《十二道锋味》里面做叻沙面，面条也是从她这里买的。在张小华看来，明星和其他顾客并没有什么不同，大家都是热爱美食的人，喜欢食材最天然的味道。

生意规模越做越大，张小华店里的验钞机却派不上用场了，不是假钞变少了，而是客人们几乎不使用现金买东西了。她办了POS机，但使用率越来越低，更多的人开始使用支付宝付款，今年4月中旬，联合国环境署和蚂蚁金服共同发起成立了无现金联盟，4月底，北京三源里菜市场成为联盟成员，Lisa也成为了菜市场的优秀商家代表之一。

她说自己是知足常乐的人，“每次支付宝扫码之后手机发出‘支付宝到账XX元’的提醒，就能感觉到自己的付出得到了回报”。

她未来的计划是，把一些东南亚食材通过淘宝等互联网平台卖向全国，还准备和人合伙开一间专卖进口食材的超市，把真正天然的食材介绍给更多的人。

虽然生活条件越来越好，但张小华的生活状态并没有太大的变化，对每一样食物，她都亲力亲为。她最喜欢听到的评价是，别人说吃过她店里的食材后嘴都变叼了。更好的生活是什么？在她看来，“更好的生活就是这样啊，为了吃到更好吃的食物，要更努力才是”。

范雨素：突然遇上沙尘暴

文：李天波

她两手在空中挥舞，笑着说，现在就像突然遇上了一场沙尘暴，灰蒙蒙的，容易遮住人的眼睛。不过，44年的人生阅历已经自成体系，不大会为这点沙尘暴摇摆的。

公众号文章的阅读量蹭蹭上涨，1000、5000、7000、20000，“火箭似的”，范雨素攥着粉色手机，在自己8平米的小屋里急得来回踱步。《我是范雨素》在“正午故事”上发出2小时后，有出版社给她打来电话，邀请她出书。

范雨素感觉自己掉进了一个漩涡。她到哪，媒体跟到哪，先是把她堵在皮村（北京东北五六环之间的一个城中村）文学社办公室里，请她讲写作的初衷和过程，折腾了整整10个小时。接着去出版社签约，又被媒体簇拥着前行，阵势跟过街游行一样。手机几十条消息同时涌进来，她心烦意乱，没点两下手机死机，她索性卸了电池。回到家，房东又跟她抱怨，总有人找她。她实在招架不住了，委托朋友告知媒体：自己的社交恐惧症已转成了抑郁症，现已躲进深山老庙，不要找了。

她也不是恐慌，就是烦，闹不清。没有这事的话，现在她应该背着她的黑色书包，在去往雇主家的路上，或者在擦地板、拖地、把乱哄哄的房间收拾得干干净净。一小时40块，一天能赚200多块钱呢。44岁的范雨素女士，右手托着脸，一个无可奈何的表情一闪而过，见面当天，她戴了一个蓝色大檐帽，脸被藏得严严实实。

这几天，时不时有人在她家门口探头探脑，她只能偷偷待在房间。几百米外的皮村文学社办公室门口，车停得满满当当，媒体一波一波地来，逮着谁问谁。这是一间20平米的办公室，桌子上堆放着几十本《皮村文学》。范雨素就是在这个办公室里开始学习写作的，她在这学会了怎么给文章搭结构、怎么起承转合。这是皮村文学社自发组织的义务写作培训。3年前，每周日晚7点，范雨素有空就来这听课，到了就安安静静坐着，很少跟别人交流，只有聊起看过的书，她才迅速将身体前倾，探头问，不知道你们有没有看过？

文学社的朋友不停给她发来新闻，视频的、文字的、广播的。在手机上，她看到自己母亲被几家媒体围在中间，她有点气自己，意识到闯祸了，深怕媒体难为母亲。

只想挣点稿费，怎么这么多事，她心想。

2016年5月，“正午故事”找到她，说想发表她在《皮村文学》上刊登的一篇文章，她想都放一年了，能发也好。那篇《农民大哥》最终收获了5000多点击量，她拿到了1500块的稿费，事后一家杂志社转载，又给了300块。只写了4个小时，就能拿1800块，她心里喜滋滋的，一收到稿费就给文学社的工友转了66块钱红包，让他们去买点水果，又给家里大哥、二哥的三个孙子买了三台诵读经典的学习机。

这次，她心里就一个想法：点击量能过5000。文章刚发出来的时候，她还拜托一位文学社的朋友帮忙转发，给自己加点点击量，没承想上了头条，老家《湖北日报》头版都是她的照片，出版公司追着给她出书，有公司邀请她去当编辑，也有平台找她签约，软磨硬泡，要给她开公号，一月4篇，1万块。她客客气气应承着，等人走完，态度坚决地说：“我永远也不会签。”

她沉着脸，絮絮叨叨跟大伙解释，自己写不了命题型，只有感情来了，才能写点东西。

写《我是范雨素》这篇文，是因为心里堵得慌。83岁的母亲给她打电话抱怨，范雨素揪着心，自己如果有钱，母亲就不用受这个罪。她难受极了，铺开黄色的稿纸，记述自己的母亲，写了5个小时。就跟看完一个心理医生一样，她形容，畅快了。

网上铺天盖地的表扬袭来，她也从没觉得自己写得好，“我只是真实，平视了我们的生活”。隔一天，相关宣传单位也来了，邀请她去参加活动，演讲，以农民工文学家的身份。她草草拒绝了，“我可不要当一盘菜，让人吃”。她在电视上看过很多底层成名的人，被主办方邀请到台上，配合点头哈腰，一会儿感谢，一会儿回答些无聊的问题。她清醒得很，从不寄希望于一篇文章改变命运。

2017年，一张媒体说明会安保预案贴在皮村工友之家礼堂大门上。4月29日，为了满足范雨素爆红之后媒体的关切，当日在此举办了一场媒体见面会，引来40多家媒体，场面空前。

她两手在空中挥舞，笑着说，现在就像突然遇上了一场沙尘暴，灰蒙蒙的，容易遮住人的眼睛。不过，44年的人生阅历已经自成体系，不大会为这点沙尘暴摇摆的。

她的写作也真的没那么多故事可讲，不停有人问她要表达什么。她摇摇头，为难地说，只是感情到了，就像想唱歌的人去KTV唱首歌一样，没仔细想过。连她自己也是回头看才发觉，文章里真的说了很多问题，农民工孩子上学、农村征地、底层婚姻，都很现实。

“人生太荒诞了。”她搓着手，不停感叹命运无常。不管她多认真地交谈，也总能感到她对人刻意保持的疏离感，那不是对某个人，而是对人本身的不信任感。她把这些归结为自己的社交恐惧症，拒绝跟人打交道，怕一走近，平添伤害，更不相信爱情。

10多年前，她跟一喝酒就家暴的前夫离了婚。她怪自己笨，一路从襄阳奔到北京，连个盘子都端不好，经常弄错菜单，被老板指着鼻子骂。什么也干不好，想着草草找个人，好歹有个依靠，如今一想，婚姻就是天秤。“我是一片鹅毛，怎么能找到好的嘛。”

她离了婚，带着俩孩子回家，谁也不理解，母亲也劝她：“都是一辈子这么吵过来的嘛。”大哥像躲瘟疫一样躲着她，邻居们一看到她就关了门，怕她张口借钱。谁也靠不住，只能自己扛。她带着俩女儿重回北京。没钱，大女儿上不了中学，跟她抱怨：“都怪你任性，婚姻都经营不好。”她背过脸，哭了。

愧疚反复折磨着她。大女儿五六岁的时候，成熟得跟20岁的女孩一样，乖巧、独立、从不撒娇，一心讨好她。有一次，她带大女儿逛街，走快了两步女儿没跟上，她原路返回，女儿哭着说：“我以为你不要我了，我都想找电话报警了。”

人生怎么这么艰难，她的世界里充满着赤裸裸的弱肉强食。

她偶尔在夜晚默默流泪，哭自己无能为力，好像怎么做也无法补救大女儿安全感缺失的童年。房子是女儿心里最有安全感的东西了，可育儿嫂、小时工的工资，怎么努力也买不到一间小房子。越想越难过，不如多看书，书里有股力量。高尔基笔下的主人公阿廖沙无处栖身，吃口饭都要被打被骂，《夹边沟记事》里的人每天跟饥饿对抗，《雷锋叔叔的故事里》雷锋为了要口饭吃被狗咬得鲜血淋漓。这些片段记忆，她印象深刻，想着想着，感觉人生都一样无力，自己好像还挺幸福。

她从小喜欢读书，读马尔克斯、勃朗特、高尔基、鲁迅、余华、刘震云，也读刘慈欣、郝景芳。在郝景芳的那本《北京折叠》里，她找到了某种共鸣。书里构建了三个空间，第一空间是当权的管理者，第二空间是中产白领，第三空间是底层工人。她觉得自己杵在第一和第三空间两个极端，时间一到，就得钻过那个孔，从一面跳到另一面。做育儿嫂的七八年里，她每天住在大别墅里，最大的那栋有12个卫生间，三层，客厅说句话都有回音，跟宫殿一样到处金光闪闪，门口24小时有保安。等周日一到，她回到皮村自己8平米的房间，飞机日夜不断地在低空掠过。

她也时常有种困惑，两边的人怎么都不幸福。大房子里的雇主们，有的火急火燎地谈论移民，被雾霾吓得不轻；有的天天去看房子，十几套房产，怕贬值更怕错过最佳交易期；有的女主人每天扑好粉坐在沙发上，等着比自己大二十几岁的老公；也有的女雇主为减肥每天愁眉苦脸，只吃一个苹果。到了皮村，有人抱怨孩子难找媳妇，有人愁孩子上学，有人担心雇主拖欠工资，也有人担心皮村拆迁不知去哪好。

她生性拘谨，对生活有种天然的抽离感。两边人的生活里，她觉着自己都是过客。她安安静静地看着，两边的人各自演着，看来看去，“发现人活得都差不多，都很荒诞”。她尝试把这些荒诞写下来，她写了一本书，10万字，里面是自己家人的前世今生。前世，家人都是帝王将相，今生变成了农民，落在了自己长大的那个村——湖北襄阳的打伙村。书名叫《久别重逢》。

她看不惯那些戴着有色眼镜的写作。垃圾，她一脸严肃地总结。有作家写了篇小说，里面写一个农村女孩进入社会如何依靠手段往上爬，最后失败，选择自杀。文末作者陈述说，农民眼光狭隘，免不了这样的结局。她看完一肚子气，跑去跟文学小组的老师抗议："怎么可以这样写啊！他真的比我们高贵吗？"

她希望别人看到小说，能理解人与人之间都是平等的，帝王与农民，拥有一样的灵魂。《农民大哥》就截取自这篇小说里的一部分。里面的大哥是个梦想家，要做文学家，要造飞机，要做养殖专业户，什么都试了一遍，什么也没做成，最后踏踏实实做回了农民。她看文章评论，有人说这样的农民太不切实际，农民就该本分。她有点生气，在她心里，大哥是有勇气的人，可以一直追梦。她当时的雇主也曾在朋友圈转发了这篇文章，另一位高官在看完文章后，留言细数了一遍自己当年不切实际的理想，大家留言说：那会年轻，真好。为什么做农民的大哥，年轻的时候做梦就成了不切实际，她到现在都想不通。

采访当天，她的新闻被几大平台制作成了专题，公众号里大把大把人在谈论她。她看着看着觉得可笑，想起小时候家乡搭戏台，请河南豫剧演员去唱戏，村里人开开心心在台下等着看热闹。现在，她觉着自己坐在台下等着，只是台上的主题变成了范雨素。她只能跟着大家看看热闹。台上骂她的也不少，一位知名人士模仿她的文风写了一篇自述。她躺在床上看完，心里乐呵：

这人怎么这么闲啊，有这工夫做点啥不好。

她身边的人，除了文学社的社友，几乎没人知道她爆红这事。在育儿嫂、小时工那个圈层里，她从不谈自己读书的喜好，“跟晒皮包炫富一样”。她的微信里，只有一个阿姨给她发了一个恭喜的表情，她回了个握手。

有人跟她说，这是个好机会，可以改变命运，她一笑而过。接下来，她打算把手里的书稿写完，《久别重逢》还缺一个好开头，她得在跟出版社约定的时间内完成。等交了差，找机会再做回育儿嫂。

她内心也有一个小奢望，如果可以，她想在孔夫子旧书网上开个书店卖书，专卖那些自己喜欢的好书。没人买的时候，她就把被子竖起来立在床边，靠在上面，轻轻地看书，阳光从玻璃墙里射进来，那是她心里最幸福的画面了。

农妇白茹云《诗词大会》成名后：再苦痛的日子，也有诗意的绽放

文：杨宙

尽管白茹云觉得自己“声音太难听”“颜值也对不起观众”，但无数人还是被这个42岁的农妇打动了。一直以来，诗人白茹云都在与农民白茹云抗争。她更偏爱苏轼的词。“竹杖芒鞋轻胜马，谁怕？”她说，“我什么都不怕。”

在河北邢台南阳县的一个小村，走过灰蒙蒙的土路，穿过一排排冬日里干枯的杨树，白茹云出现在一群低矮的平房之中。

她比电视里矮小壮实，穿一件浅色羽绒服，袖子套上了桃红色的袖套。2月6日播出的《中国诗词大会》里，站在舞台上的她也穿着羽绒服，只不过为了上台，她跟大女儿借了件新一点的。

“身体重要，我已经不在乎美丑了。”她不好意思地憨笑着，露出嘴角的酒窝。6年前，白茹云被确诊罹患淋巴癌。化疗之后，如今的她耳朵听不太清，眼睛老流泪，嗓音也变得奇怪。尽管白茹云觉得自己“声音太难听”“颜值也对不起观众”，但无数人还是被这个42岁的农妇打动了。

2月8日下午，一拨拨赶来的记者塞满了她原本空旷的家。邻居大妈们轮流前来围观，乡里的干部也破天荒地踏上门来。她的手机每隔10分钟就响起一次，各种采访、直播的邀约一起涌来。尽管累得眼睛都睁不开了，她还是不好意思说出拒绝的话。

深夜11点多，手机没电了，她终于心安理得地钻进被窝。邢台的初春清冷，她盖上了几层稀稀拉拉的花被子。诗人白茹云终于回归到了农民白茹云。

1

白茹云总喜欢系上一条艳粉色的丝巾。丝巾下是脖子上的一道褐色疤痕。初中毕业的她在村里的小学当过两年老师，长期的嘶吼让她的声带上长出了息肉。手术给她留下了自认为丑陋的印记。

上学时，她的学习成绩好。但身为大姐，她总得带着弟弟上学。初中毕业后，她选择考中专的师范类专业。差了七八分没考上，得花4500块，可家里没能帮她凑到这笔钱。这成了她心里永远的刺。

她曾到北京打工，但没过多久又被家里喊回去相亲。相了一个又一个都没成，到了二十三四岁，嫁给了老实的同学。按照家乡的风俗，他俩相约出门晃一圈，买了点东西，一生就这么定了下来。

孩子出生后，她觉得“凑合凑合就过了快20年”。

直到现在，她说自己和丈夫只剩下亲情。“现在年纪大了，可能要放弃爱情这个东西了。”虽然喜欢读诗，但是对一些描写爱情的诗句，她总是难以理解：“他们总是写断肠，爱情真的能让人断肠吗？”

如今在这个“凑合”而成的家里，即使有暖气，初春的冷风还是让双脚冻得冰凉。客厅的纱门被女儿的旧牛仔裙封上。墙上的挂历忘了更换，还停留在2015年。在县城当保安的丈夫每月收入1500元。为了贴补家用，白茹云接了些在家里扎塑料花的活计，一天能挣5块钱。扎花常刺破她的手掌，她摊开右手给我看，暗黄的手掌上残存着洗不净的污渍。

过去20年来，她在地里种过小麦、玉米。长期的太阳暴晒，让她的脸干红皲裂。如今她不再干农活，可裤脚和鞋子上还常常沾着土。

对于生活在脸上刻下的粗粝痕迹，她倒也坦然。旁人对她说，董卿还比你大两岁呢，她开心地回答：“她还叫我大姐呢。”

2

农妇白茹云一直自卑着。她说自己身上尽是土气，根本没有诗人的气质。似乎只有在谈到诗时，她的脸上才多了几分光彩。

她喜欢从女儿的课本、电视上摘抄诗词。脱了封皮的本子，她用细密的字迹抄了一本又一本。她把本子带在身上，有些在田间丢失了，有的被露水打湿了。有时候在院子里，没有人时她会小声地唱起宋词，配上自己的曲调。

诗词带给她许多幻想。少年时她读到范仲淹的《岳阳楼记》，觉得那是世间最美的风景。在上世纪80年代的河北农村，她听到过的最远的地方就是北京。父亲对她说，好好学习，考上大学甭说岳阳楼，外国楼也可以去看的。

她幻想着在岳阳楼的蒙蒙细雨中看浊浪排空、狂风怒号，所以常常心血来潮就背一遍《岳阳楼记》。后来虽然没能上大学，但她偶尔翻翻岳阳楼的资料，还会觉得自己在半梦半醒间站在了岳阳楼上。她在脑海中想象岳阳楼的风景，写道："几只大雁在广阔的湖面上轻点疾飞，妄想要横渡湖面。”

去年参加《中华好诗词》大赛，河北省扶贫基金会送给她一台电脑，用来查找诗词。电脑屏幕上的膜，她至今还没舍得摘掉。

或许因为一夜成名之后被问得厌倦了，提到她自己写的作品，她总说忘了、丢了，似乎想赶紧摆脱“诗词”的标签。

我偶然在她家找到一首她写的《碗》，她漫不经心地解释：“每天喝粥、吃饭都看着碗，看着看着，也就写出了一篇。”

“胸有佳肴盛万种，心头酸辣味千般。人间捧腹俱欢笑，冷暖由他若等闲。”只有在她独自写下的诗里，才有诗人白茹云的细腻与感性。

3

如果没有诗，白茹云的生活可能会是另一番景象。

二弟在8岁时突然头疼、傻笑，他一天天变傻，如今30多岁了，吃喝拉撒还要靠他人。小弟前几年到北京打工，然后再也找不到踪迹。

也是在二弟发病时，她开始接触诗词。“那时我十六七岁，弟弟生病了，脑子里长了个瘤，一发作头就特别疼，就用两手打头，都打破了。我父母要下地干活儿，我是老大，只能在家看护他，我抓住他的手不让他打，想办法安慰他，就说一些常见的儿歌，说完没什么可说的了，绞尽脑汁地想，就想到了诗歌。”

她还记得，给弟弟背的第一首诗是《咏鹅》。

自己生病以后，不断的复查让她借遍了全村，耗费了几十万元。为了省下24块钱的车费，每次化疗她都5点起床，转四五趟车才到省医院。丈夫要打工挣钱，她就一个人住院，每天吃着1块钱的米粥和5毛钱的馒头。

她发现有时候别人会因为自己是乡下人而说话蛮横。她也不计较，在心里默念一句“仰天大笑出门去，我辈岂是蓬蒿人。”虽然诗里描述的是李白收到唐玄宗的诏书入京时的畅快心情，但她觉得，自己也可以这样豁达。

经历过淋巴癌的化疗折磨之后，她说早已看淡了生死。比起从前，她更喜欢豪放派的诗词。家中苏轼的文集被她翻得泛黄，她始终最喜欢那句“归去，也无风雨也无晴”。

前来拜访的人们总想让她谈谈诗词如何帮她战胜病痛，她总是笨拙地不知如何作答。她更愿意把答案写进简练的诗句里："余生劫后唯需药，须记身安即为雄。"

不用去医院的日子，她日复一日地面对着院子里的鸡和狗，看着村外的麦浪风过连天，最终把心收回在柴米油盐之中。

可她还是在整个采访后疲倦的夜里，抱怨记者们的提问毫无新意。她回忆起24岁时在北京打工的日子。

那时的她在一个音乐老师家里做保姆。她常常溜进附近的电脑学校旁听，学习五笔。主人出门后，她想练习打字，又怕把电脑里的资料弄丢。于是不敢开机，只在键盘上模拟着敲下一个个字。

家里的钢琴倒是可以弹。她坐在钢琴前，踩下踏板，手指按下键盘，感受着轻快与低沉。她不知道自己在弹什么，但觉得那是动听的旋律。

这些年来，她更偏爱苏轼的词。"竹杖芒鞋轻胜马，谁怕？"

"谁怕？我什么都不怕。"她说。没钱了，地里还有小麦可以换成面粉吃。衣服不用买新的，有穿的就好。

食人鱼、大佛
AK47以及自由：
一个胖子
和北京妞的
冒险侣行

文：杨宙

在张昕宇看来，你永远没办法知道明天和意外哪一个先来，生命本身就是一场探险。

梁红至今还记得去索马里之前，当地向导发来的旅行物资购买清单：AK4710把、手榴弹N个、子弹N发……当她在朋友聚会上把邮件内容念出来时，周围的人惊呆了。

那是4年前，张昕宇和梁红夫妇出发的第一站。

这之后的几年里，他们的足迹遍布世界上最危险、禁忌之处：走进核辐射禁区切尔诺贝利，在阿富汗用光影还原被炸的大佛，在北极求婚、南极办婚礼……

见到夫妇二人时，他们正穿着经典的军绿色飞行夹克，梁红指着夹克上一个个徽章图案说，每一个都是他们自己的故事：在亚马逊寻找食人鱼、在南非飞越彩虹国、开帆船去南极、拍下马鲁姆火山翻腾的岩浆。

中间最大的徽章上，是他们今年在大兴安岭学习驾驶的固定翼飞机。明年，夫妇俩打算自驾飞机飞越5大洲3大洋23国，实现中国人首次5大洲环球飞行和中国飞机首次飞越南极点。

走完世界的一大圈后，张昕宇说："我用一个10年去完成我的梦想，人一辈子有几个10年？"

飞机能降落，是件多么值得高兴的事

梦想从索马里开始，那个枪林弹雨的国度。

"他们愤怒的时候会开枪，高兴的时候会鸣枪，悲伤的时候依然是举起枪。”如今，索马里留在张昕宇记忆中的痕迹，大多与一个个黑漆漆的枪口有关。

对索马里的幻想来源于两人年轻时一起看的美国电影《黑鹰坠落》。在索马里首都摩加迪沙，美国特种兵被这个弹丸之地上的兵民痛击。片尾“根据真实事件改编”的字幕，勾起了两人的好奇心。

2012年，他们一行4人办签证时，旅游签证的编号是001到004。所有人都认为索马里是危险之地，但张昕宇想知道，那里除了海盗，还有怎样的人和怎样的生活。

旅程从穿着防弹衣，乘坐锈迹斑斑、机身被子弹打得千疮百孔的前苏联客机开始。飞往摩加迪沙，在当地人看来，能够安全着地就值得欢呼庆幸。

机舱里一个个残破的座椅东倒西歪，没有安全带，不用对号入座，坐满就走。舱门凹凸不平，空调失灵，蟑螂到处跑。到了中转站哈尔格萨后，机上原本乌泱乌泱的人几乎都下去了，没有几个人飞往恐怖的摩加迪沙。

没有跑道灯、塔台的停机坪像一个操场，能否安全降落完全看飞行员的技术，一旁还有坠落的飞机残骸。成功降落后，乘客们夸张地庆祝——没有被击落，没有坠毁，这是一件多么值得高兴的事情啊。

张昕宇把这些经历拍摄制作成真人秀节目《侣行》。而梁红谈起这段经历，说自己的感受是新奇而非恐惧。她说话时笑得眼睛眯起，嘴角边挤出两个梨涡，是个爽朗的北京大妞。4年里，她跟着张昕宇走过无数艰险的旅行地点，只有在极度晕船的状态下才会流露出软弱。

在摩加迪沙，可能不知道什么时候就从某处飞来一颗子弹，随之有人突然倒地。就算住在安保级别最高的酒店里，他们也会突然在某一天早晨听到，隔壁房间的土耳其生意人不听劝告出门，然后再也没有回来。团队成员曾乔问当地向导，无端为何被打死，向导的回答令人震惊：被打死的可能性太多了，可能是别人在试枪，就把他给打死了。

在这个市区面积只有北京海淀区二十分之一的小城里，花钱雇佣高配的安保人员才有安全保障。当时团队雇的安保队一共有8人，装备有一辆装甲车、一辆运兵车、一架重型机枪、几支手枪和若干弹药……

去那些真正刺激心灵的地方

张昕宇有个外号叫“270”，那是他最胖时的体重。有一年他出车祸差点截肢，在医院里躺了将近一年，腿虽然保住了，但体重暴涨，出门艰难。

“别说索马里，去永安里都费劲。”他笑着自嘲。

1999年从部队复员后，22岁的张昕宇不愿服从分配，用两万元的创业基金摆起了羊肉串儿摊。他和梁红两人一个住月坛南街，一个住月坛北街，从小到大一起玩。

生于石油家庭，梁红原本顺着轨迹，大学石油管道专业毕业后进入稳定的机关单位，拿着一个月两千块的收入。张昕宇做生意没多久，她也从单位跳了出来。父母曾是援疆知青，他们告诉梁红，人生的路怎么走都是自己选的。

当时张昕宇看到崇文门菜市场的豆腐店火爆，就发挥自己的特长做出一台豆腐机，不到半年就挣了100万。在机械上颇有天赋的张昕宇后来又做起了首饰加工业，再转做外贸生意，好的时候一天就可以挣1万块钱。这些都为两人后来的旅行积累下了原始财富。

直至2008年汶川地震之前，张昕宇过的都是每天在天上飞，辗转各地拼命赚钱的日子。地震后，在电视里看到现场的惨状，他按捺不住，和梁红组织了一个“北京希望救援队”，带上机械装备到前线救援。

如今体重不再有270斤的张昕宇体格依然壮硕，说话都是一个个短句，果断直接。在《侣行》中，他从1190℃的马鲁姆活火山深渊里爬出来，在罗布泊的无人区里对抗风暴……只是每当提起那段让自己改变最大的地震记忆时，声音里还有伤感。

在四川汉旺，一位父亲挖着废墟，跟他讲述自己女儿的事，知道她回不来了，还想再看她一眼。过了7个小时，他们一起挖出了腐烂的尸体。心力交瘁的父亲在尸体边号啕大哭。张昕宇没掉过几次泪，在那一次眼泪刷地落了下来。

从那以后，他和梁红就开始放下一切周游世界。起初只是像普通旅客那样走马观花，后来走多了，旅游变得索然无味，他们开始计划去那些真正可以刺激心灵的地方。

张昕宇反对那种“说走就走的旅行”，夫妻俩制定了一个“10年计划”，用5年时间准备，5年时间实践。实际上，在2008年之后，他们“开挂式”地考到了潜水、帆船、直升机等资格证。

张昕宇在后来写道：“你永远不知道意外和明天哪一个先来，生命本身就是一场探险。”

很多疯狂事情里最美的一件

纪实真人秀《侣行》上线的这3年来，播放量超过20亿，集均播放量超2000万。在中国互联网播放量超过10亿的数十档真人秀中，《侣行》是唯一不购买国外版权、完全中国原创、没有演员参与的节目。

一些评论中，网友把夫妇二人的探险之旅定义为富人的游戏。梁红不否认完成这些梦想需要一定的资本。与在马鲁姆火山租用直升机、购买帆船去南极的花费相比起来，《侣行》在招商上的收益只能抵消支出的一部分，大部分资金来源于夫妇二人之前的积累。

张昕宇个人在机械上的技能与天赋，也为这档节目增加了不可复制性。大部分人关注了两个人旅途中的爱情，却忽略了完成这一系列任务背后科技的重要性。

张昕宇从小就跟着父亲学习修汽车，在部队时学会了修飞机，先后学习过赛车、动力伞、机动船、摩托艇、潜水、帆船、热气球等驾驶技能。张昕宇还有只有一个人的后方气象团队，那是他多年的老大哥“烟斗”。他在首钢做了一辈子机械工程师，却从53岁开始研究起海洋和气象。

当团队穿越罗布泊、开帆船穿越大洋时，张昕宇在前方应对机械故障等突发事故，“烟斗”则在后方电话指挥。遇到大风大浪，“烟斗”也会在家中陪伴前方的帆船3天3夜不睡。“远离毒品，远离270。”“烟斗”开玩笑说。

《侣行》有一集叫《飞越彩虹国》，梁红把它称为“很多很多疯狂的事情里，最美的一件事”。张昕宇模仿动画片《飞屋环游记》的主人公，用五颜六色的氦气球飞越曼德拉的故乡——彩虹国南非。

没有切尔诺贝利的核辐射，没有马鲁姆火山喷发的熔浆，没有极地的严寒，看起来像是最浪漫的一集。但人在自然的挑战中处处都轻松不了，动画片里美好的飞天行动实际上全球只有13人能做到。

在完全没有参考书可以学习的情况下，他们曾向英国的专家寻求帮助，可得到的答案是，需要组建100多号人的团队，花费9个月时间。

飞跃彩虹国选择在南半球最大的寺院南华寺，许多非洲和尚帮助完成。

为了当天的飞行，“烟斗”前一天就一直在忙活着观察气象。气象随时都在改变，如果有15级的风过来，这场飞行就相当于自杀。

不同大小的氦气球需要从不同的国家购进。要给这么大的气球充气不容易，每一个气球都要拉开，勒一个扣在手上打结，再把手抽出来。每个进度稍有延误，就可能赶不上气象变化。气球的上升和下降只有靠张昕宇用枪打气球、用刀子割断绳索来控制。这套方法，张昕宇只用了几天就设计了出来。

张昕宇爱开玩笑，出发前他说："我要带瓶水路上喝，是哪条路就不一定了。"

他一路追着风，用小口径手枪瞄准周边的气球，打破并控制方向，直至耳边听不到声音，达到中性浮力，与风同速。梁红则在远处的直升机上看着气球飞翔。

降落时更为惊险，不利飞行的条件太多。他可能碰到电网被电死、碰到铁丝网被拉死，掉到玉米地被插死、刮到高压电网被烧死。

天快黑了，附近有块平地，张昕宇连忙用枪射穿气球下落，结果风又把他吹了上来。子弹快用完了，他只能射准一串串的气球。落地后，风的作用下气球仍然把他往前拽。梁红在天上看着着急，眼看就要冲向前方的铁丝网。在离铁线网的最后几米时，张昕宇用最后几发子弹让气球停了下来。他在天上看见地上所有的牛都抬头看他，因为"那天我是最好看的胖子"。

梁红说那天彩虹的气球、蓝蓝的天、金碧辉煌的宝殿、黑的白的黄的笑脸，这辈子永远都会留在心里。

第一次开飞机上天，感觉整个人在飞

留在心里的，还有每一段路上忘不掉的脸蛋。

《侣行》第3季中，团队在阿富汗用光影设备还原了塔利班炸毁的巴米扬大佛。站在大佛前的脚手架上，他们看到了到阿富汗以来最多的笑脸。

在黑色枪口笼罩下的索马里，他们遇到了两个当地老人，载歌载舞地唱着《北京的金山上》。他们是索马里一家剧院的看守者，在中国政府援建这家剧院时就在这里，一直守了40年。

在伊拉克雅兹迪难民营，夫妇两人采访当地一个17岁就被卖作性奴的小姑娘。见面时，小姑娘冲着她笑，拥抱她，语气平淡地说，谢谢你来听我的故事。她告诉梁红，自己现在很知足，因为已经脱离了那种状态，想学医，去帮助别人。

这些人的笑脸与声音存进夫妻俩的心里，他们计划下一步开着飞机跨越五大洲，采访柬埔寨的水下扫雷部队、肯尼亚对抗盗猎的勇士、智利的荒漠坚守者……

在计划中，夫妇俩的飞行有40多个经停点，飞行的每一段都超过1000公里，超过飞机的飞行半径。飞过了这个距离，意味着他们只能往前飞，无法返航降落。

尽管在外人看来危险重重，但夫妇俩觉得飞行本身是美妙的事。张昕宇曾经送过梁红一个礼物，开直升机载她上天摸云彩。梁红记得，第一次独自开飞机上天时，感觉不是在开飞机，而是整个人在飞。

她说，那是一种自由。

卖掉房子独自上路，逛了126个国家后她抱着女儿回国

文：卫诗婕

从我做出周游世界的决定，到现在已经14年了。

过程中，我经历失恋、结婚、生子，带着3个月大的女儿继续踏上旅程。许多人说我疯了，但我心里一直确信，我清楚自己想要什么，并勇于为之舍弃一些东西。

今天看来，我不仅得到了自我。曾经失去的一切，都如数重回到我身边，现在的我感到很幸福。而我清楚，自己所付出的努力值得这份幸福。

——洛艺嘉

卖掉房产上路

在10多年前的中国，社会还不像今天这样开化。放弃稳定的工作、逐渐打开的事业道路以及正在相处的男朋友去环球旅行，在很多人听起来真的是个疯狂的想法。这其中包括我的母亲。

她为我深深地担忧，大好的前途摆在面前，这时离开中国消失几年，回来谁还会记得你？

我很坚定，很多东西是必须舍弃的，但我愿意。

2002年夏天，我的小说出版后引起了中国作家协会的关注。对于一个20出头的女孩子来说，名利的大门可能正在为我打开。

但我始终怅然若失。

我自小想成为一名作家。或许我没有太多的天赋，又或许我的阅历实在太浅了，我所能驾驭的，仅仅停留在都市情感的创作，这和市面上的大众作品并无二致。

我渴望写出一些不一样的东西。旅途会带来灵感，让人真正懂得生活。我想去旅行，从大千世界中汲取灵感来丰盈写作。这个念头萦绕在我心中，酝酿了许久，直到奶奶的去世，让我发现人应该在年富力强的时候抓紧实现自己的梦想，时不我待。

我的父亲理解我，他是一个退休的政府官员，那时刚从一场与癌症的搏斗中侥幸凯旋。经历生死的他能够懂得，想到了就要去做，因为当你有能力实现梦想的时候，可能生活就不会给你机会了。

最终在父母的支持下，我卖掉了他们的一处房产，获得了26万元的旅费，我深深地感激自己出生在一个这样的家庭，愿意无私地帮助孩子实现梦想。今天我身为人母，能够至深地体会到这份情感。

独身女子不要轻易上街游行

在外多年，我深感自己的幸运，即便的确吃过一些苦头，但那在我的收获面前根本微不足道。

26万元在当时并不是一笔小数目，可真摆在出国旅行的花销前，也是需要精打细算的。印象深刻的是两次在荷兰的经历。

第一次在荷兰转机时，我需要等待8个小时，住旅馆太浪费了，于是我跑上阿姆斯特丹机场的二楼休息室内打盹，为了防止被偷窃，我将大小行李全缠在腿上，这样的场景是旅途中的常态。但那晚尤其尴尬，半夜正酣时，我被警察查问，被当作可疑人员的感觉并不好受。

第二次在荷兰转机时，恰逢国庆节，酒店费用飙升。为了省钱，我坐上一辆市内长途车，转了好几个来回后终于到深夜，车子停运了。我只能选择在红灯区（色情服务场所）下车，走进了一家场所观看表演（比起深夜独身待在街上，进入店家还更安全些）。

台上灯红酒绿，台下黑乎乎一片，在这样的环境下我躺在沙发上睡着了。突然台上的一个表演女郎走到我跟前，大声地敲了敲我面前的桌子，我以为她要我上台互动，羞得憋红了脸。然而我会错了意，女郎生气地表示：我在工作，请你不要在这里睡觉!

类似的窘境并不少，我还曾在火车站遭遇合伙小偷，连同护照证件和所有的财物被洗劫一空，身无分文。好在每次弹尽粮绝之际，我的家人们总会施以援手。

除了家里的帮助，一路上我也总是被善意包围。在非洲游玩时，由于中非的良好关系，我的中国面孔大受欢迎，走到哪里都会被簇拥，这也为我的旅途带来许多便捷。但骚扰的问题也随之而来，在参加一些阿拉伯国家的游行时，我在队伍中受到了许多恶意的毛手毛脚，也让我得出一个经验：独身女子最好不要轻易上街参与游行。

埃及的旅程中，我在一个小公园骑车，一个七八岁的男孩跳上我的后座后开始摸我的屁股，我十分恼火地轰走了他。几天后，一个友人带我去半岛军营参观，听闻有中国女人来参观，海陆空三军都来了，场面十分盛大。大家争相与我合影，其中一个士兵伸手摸了我的屁股，碍于场面盛大，我悄悄地将他的手挪开，谁知他变本加厉，将我的手放在他的下体。

我彻底火了。抢过身边一个士兵身上的枪向他抡去，本是想吓唬他，可枪走火了，嘣的一声，我吓蒙了。所幸子弹并没有伤到任何人，我的脑海一片空白，那或许是我10多年的旅程中，距离危险最近的一次。

跟男友分手也不回头

旅途的第二年，男友的分手邮件到了。那时我正在世界的最南端准备穿越热带雨林，打开邮件的时候，咖啡掉到了地上。

分手并不是没有预兆的。之前在罗马的一次见面，我们之间的疏离暴露无遗。我没有理由责怪他，在我决定出国旅行时，他的态度就不很明朗，但他没有阻止过我。罗马一会，他向我提出，跟他回国。

我并不是没有犹豫过。但随后发生的一件事使我坚定地作出决定：一个意大利女人迎着他走来，请求他帮助自己练练英语口语（男友在国际组织工作，英语十分流利）。他没有征询我的意见便和那女人走了，2个小时后才回来。那一刻我想，我也有自己决定的权利，不用为任何人而妥协。

坚持就需要付出代价。我没有跟他回国，于是也就迎来了他的分手。带着满心的伤痛，我穿越了热带雨林。由于风湿，我身上起了许多大包。从雨林中出来的时候发着高烧，感觉天昏地暗，一无所有。

那几乎是我人生中最痛苦的时刻，但我熬过来了，并一直珍视那段日子。我甚至觉得，人的一生，总要经历某种失去，才能真正找到自我，从痛苦中脱胎新生的勇气。

事实证明，属于你的终究会来到你的身边。2006年我在澳洲遭遇车祸，在病床上迎来了这个已经分手3年的男友的守护，患难让我们看清了彼此在各自心中的位置，也让我们携手走向了婚姻。

现在，我们有了自己的孩子。他会在年假时全身心地加入我和孩子的旅行，现在的他更懂得我的追求与个性，我们彼此欣赏并理解，真正成为了志同道合的伴侣。

怀孕也不停步

身为人母并没有改变我自主的个性。怀孕7个月时，我才把这个消息告诉了丈夫和家人，为的是能够在孕早期继续我的旅程。

女儿今年6岁，非常勇敢。当她还在我肚子里时，我就知道她与我一样坚强，整个孕期，我没有经历任何妊娠反应。孩子出生3个月，我便带着她踏上了旅途。许多人说我疯了，这么小的孩子怎么经得起折腾。但我在国外目睹过亲子旅行非常常见，旅者得出的经验是：只要让孩子有足够的时间休息，孩子就不会生病。

为了照顾女儿，我确实放慢了行程。我曾经在纽约布鲁克林的一家肯德基内坐了6小时，只为了等待女儿午睡醒来。带着孩子旅行确实比独行劳累，但我非常愿意带着我的至爱感受世界与生活的美好。

现在我的女儿体力充沛，拥有一颗善良和勇敢的心。前不久在参加一个活动时，她发现了一只小鸟在洞穴内被石头压着，奄奄一息。周遭的小朋友与老师没有人支持她去救那只鸟儿，因为洞穴里很脏，甚至很臭。她用近乎哀求的语气对我说："妈妈，我知道你一定会支持我的，是吗？"

最后她在我的鼓励下，捂着鼻子弯腰进入洞穴，救出了那只小鸟。我非常感动，因为我知道，我的精神已经感染了我的孩子，并证明了这些年我所奋力追求的东西是对的。

这些年，我经历过战争，领略过大自然的雄奇，也体会过人情的美好。在科特迪瓦，战争每天会夺去100万人的生命，但人们依然笑着度过每一天，街上的妇女总是慢悠悠地行走，不慌不忙。

但回到国内，我觉得每个人都神色匆匆。我的故土日新月异，却不能给我的心里带来安宁。在意大利锡耶纳有一句话：如果13世纪的人回来，他们能找到回家的路。我们呢？中国人可以吗？我们能够回归最初的本心、抵达最终的自我吗？

我希望我的孩子可以。

明年她就要去国外上小学，与我一起旅行的时间会大大减少，但我仍然感到动力十足，因为在我们这个家庭，每个个体都是独立的，我们各自拥有梦想与热爱，时不时能够携手前行。

看起来，14年前我所舍弃的东西现在一一回到了我的身边。

85后编剧辞职做铁匠：挥起铁锤，砸碎焦虑

文：孙静

他叫杨地，28岁，之前是个电影编剧，现在人称“打铁的”。

当厌倦了被设定好的看似平稳的程式化生活，杨地决定重新审视自我价值。想通透了，这名85后抡起铁锤，把焦虑击了个粉碎。

“通州小铁匠”

杨地算不上传统铁匠，因为他只做一种铁器——甲胄。

在遥远的冷兵器时代，甲胄能在战场起到防护作用，隔阻刀

箭侵袭。而在北京东五环外一间不足9平方米的平房里，这种安全感通过锤打得以延续。

2014年末辞职前，他在东三环某写字楼里当编剧，有干净的工位，跟过剧组、剪过片子，五险一金齐全，税后收入5000多元。还有一个女朋友。在大连老家的父母看来，这份职业稳定、中规中矩，可以终老。他们无法理解，杨地彼时正承受的压力。

当他提起职业是电影编剧，圈外人总要追着问：你拍过哪部电影，我们看过没？这种对话让他无从解释："我真的是个编剧，但我写的东西你可能看不到。"总有圈里人找来，说某某有个项目，你先写一个大纲。两天后，没信儿了。再或者，本子送到国家广电总局，没过审，夭折。

编剧是个没有反馈的活儿——这个结论充满挫败感，他陷入困顿与焦虑。抑郁像支利箭，将他钉在寻常生活的靶心。

他曾无数次想到辞职，却总是告诉自己"再等等"，直到有一天他突然领悟：在这个行业里，或许自己能一直生存，但其实没有未来。"我可以在这个再等等的幻象里孤独地生老病死，却仍然无法干我要干的事情，去我想去的地方。"

杨地同自己有过一场对答：

如果得了绝症，你此刻最想干什么？

答：做一副盔甲。他希望像蒙古、辽金武士那样死去时披甲入棺，身旁掏空的木头里盛放着武器。千百年后出土时，人们会说：啧啧，这是一个战士。

他看到了自己想要去较真的东西。此后小半年，他断断续续打造出一套盔甲。那会儿还没工作室，为避免扰民，周末他就跑到通州的郊野上敲敲打打。“通州小铁匠”的花名由此在朋友间传开。

盔甲做完了，女朋友也掰了。他在纠结中辞职了。

“我要打铁”

朋友说，杨地对不喜欢做的事情有拖延症。不过打铁时他像换了一个人，可以一坐四五个小时。干活时，他可以几个小时不看手机，不刷朋友圈。这个身高1.86米，体重200多斤的男人，闷头伏在小木桩上方，只听得锤子有节奏地敲打，铁板便逐渐成形。

曾经的同事kingfisher邀他去看编剧比赛，直接被拒："不去，我要打铁。""我请你吃饭。""不要，我要打铁……"杨地慢吞吞地说。

所以，当知乎上有人问"现代人能不能做一名铁匠"时，kingfisher分享了杨地的"打铁"经历，得到数千名网友点赞。还有很多人想给他当学徒。

上高中时，同学之间聊起以后想干什么，别人都很实际，要么考某所大学，要么出国。只有杨地的回答显得像是儿戏。他告诉同学："想学射箭，再搞身铠甲，骑马沿丝路骑行到君士坦丁堡，看永恒之城。"自然没人当真。

他和外教说过同样的话，外教劝他："Don't be silly, you need an offer."

普通生当然羡慕班上的学霸，但感觉自己"总像被什么东西撵着一样，赶不上趟"。只有在历史、甲胄、弓道与电影中，他才能找到安全感。他喜欢《魔戒》中的精灵王子莱格拉斯，喜欢黑泽明的《七武士》，喜欢《天朝王国》（一个法国铁匠参加十字军东征耶路撒冷的故事）。

大学填志愿，他想报考古专业，父母的忠告紧跟过来："你要考虑一下将来，如何在社会上生存。"他顺从地选报了电影系，私心却是或许能做些古代道具。

但真工作了，见多了国产古装剧道具的不讲究，杨地有点"受不了"。比如正在播出的《武神赵子龙》，军事迷只需看一眼海报，便知赵子龙穿的盔甲脱离了历史考据。

杨地工作后真去过伊斯坦布尔（原君士坦丁堡），在大巴扎深处，他访到一位仍然坚持做手工铠甲的当地铁匠。

他也想当这样的人——一辈子做贴近史实的中国古代盔甲。

愚笨也是一种财富

杨地在用一种看似愚笨的方式锻造盔甲。

为找一张沾水缩紧的优质生牛皮，他会耽搁几个月工期。鞣制连接甲片的细绳时，他靠手把牛皮搓成绳。

有朋友建议他学点CAD绘图或把部分活计外包给金属加工厂，他却只愿意用铅笔在本子上画图，然后手工剪铁板，用锯打磨，像旧时作坊中性子执拗的手工艺人。“现在有个误区，好像只要塞进电脑里，这东西就很先进。按照网游感觉建模，挺帅，但真做出来就完蛋了，一抬胳膊先把自己扎死了。”

他并不追求效率，反而享受每块铁片的形变。打造一套盔甲，就像一次同古人的对话，精神交流通过钢铁介质完成。当然，眼下订单也没多到需要他在乎效率。

他的想法看似傲慢——做得慢，售价就提高一些，“爱买不买”。他相信，按一下按钮出来一大堆东西是价值，用手工打出一件东西也是价值。

手头正在做的凤翼盔已断断续续做了一个月，买家来催，杨地倒不急，慢悠悠铆每颗钉。单论做，这个盔工期不会超过5天，但花在前期构思、试错环节的时间要长数倍。他给这个头盔定价3000元。为了质感，他故意不使用新的铁砧，甚至收过两个伪满时期的锤子。

相比传承不曾中断的欧洲甲，中国古代甲胄资料极少，杨地更乐于贴近史实，不跳出那个年代的技术限制。他从古书、出土文物图片、博物馆展品里搜集史料，进行考证。“如果唐代长安甲配个渤海地区头盔，得有多奇怪。”

他甚至会想到，淬火时要保证头盔外硬里软，这样打到才不会碎，只会凹。“战场上盔碎了，人就完蛋了。”尽管冷兵器时代早已远去，现代收藏者几乎没可能再披挂上阵，杨地仍希望自己做的盔甲是能带给人安全感的真东西，穿得上、能实战。不像有些白铁皮敲的道具，看上去华美，穿上后却无法动弹。

第一个“客户”张圆圆找杨地定制了一套唐甲，花费两万元。2014年年底定制，2016年年初完工。网友见到照片，有人评价“太酷了”，也有人挑剔做工粗糙。

“很多人比我更聪明、手更巧，但待不住，等于零。”杨地将愚笨看作工匠的一种财富，他相信“有灵魂的手做出的东西，即使愚笨，也会被人发觉”。

没有高超的技术，他仍将自己定位“匠人”，而非工人。这种底气源自自由创造。尽管包括父母在内的很多人不理解，他仍沉浸于冷兵器营造的成人童话里，享受发自内心的轻松。

“也许你在街边吃一屉小笼包觉得味道还不错的时候，就已经尝到了这个时代最写实的工匠精神。它朴素、自发，与情怀、极致无关。”杨地说。

另一个热血世界

你们做的这些事有什么意义？有网友问杨地。

“高兴啊。”有网友替他作答。

但现实中打铁的杨地显然不止高兴一种心情。他坦承，盔甲市场属于小众，光靠干这个难以为生，顶多挣个“零用钱”。“属于冷兵器时代的铁甲，如同渐被电影行业淘汰的胶片电影一样，均湮没于追求技术革新的时代，最后成为少数爱好者圈中的奢侈品与精神图腾。”

近一年半，杨地订出两件全套盔甲，其他买家都是订头盔之类的小件。而漂在北京，杨地的房租一年就要两万多元。

《琅琊榜》热播时，曾有人问他能否复制剧中战甲，被他拒了。他观察，剧里的盔甲“美观但不合理”——侧面环形收腰，显得主角身材很好，但若真上战场，估计腰都弯不了。

有网友留言：我觉得你们好寂寞。

杨地没回。

第一套盔甲呈现在眼前时，他触摸到实打实的成就感。出一套是一套，摆在那儿，至少有个成型的东西可以分享。顾客的意见反馈也清晰可见，不像那些没有回音的剧本、大纲。

尽管这套甲日后可能同他再无关联，杨地仍觉得自己“人生中好像又经历了一种升华”。

他站在盔甲前，想象它主人的身世。他甚至把人物细化到性格特质——这名将士作风彪悍，当地人送其绰号“阿尔斯兰”——意即狮子……

“当用笔和嘴难以说服他人时，最好的方法便是挥起锤子砸出个虫洞。”从亲手打造的盔甲中，杨地遥望到另一个热血沸腾的世界。

“我没辜负我自己。我按造物主赋予我的特性行事。我尽我所能行事。”杨地对自己现在的状态颇为满意。

他跟朋友在知乎开了专栏，名字就叫“铁甲依然在”。

至于最终能否改变潮水的方向还是够呛，先上车再说吧。

《士兵突击》中最让人心疼的两个人，活成了他们自己想要的样子

文：孙静

史今和伍六一贡献了《士兵突击》最重要的两个催泪点，一个心思细腻，慈母一样疼惜那个谁都看不上的许三多；一个宁折不弯，总是梗着一口气儿自己为难自己。可到头来命都不好，在当年剧集里悲情得让人心疼。

但放在10年的时间轴里，他们的扮演者张译和邢佳栋，不约而同地说出告别：人要往前看，戏早结束了。他们要做自己。

张译不喜欢再谈《士兵突击》。他说，早该告别了。

10年前，这部戏最火的时候，他曾被一遍遍地追问：说说你跟史今的相同之处。“我跟史今没半毛钱关系，我不是他。”头半年，他还耐着性子跟人解释。但别人根本不信：不，你就是史今。

活动现场，剧迷看到他本人，还没开口，眼泪“啪哒啪哒”先砸下来，仿佛站在他们面前的，就是退役前夕坐吉普车经过天安门广场，倚着连长肩头痛哭的史今。

邢佳栋走在街上，至今还能听到路人热情地招呼：“嘿，伍六一。”

“我只是生活在伍六一的光环下，名大于实地替伍六一接受着人们的崇拜。”同样不想活在过去的邢佳栋，曾在博客里这么写。

完美的史今和生猛的伍六一

回到故事最初，张译还记得，康洪雷宣布让他演史今的时候，自己有多吃惊。在那之前，他在北京军区政治部战友话剧团做了9年爱较劲的青年，一直在改行，干过场记、编剧、配音，有点自卑，演技不被看好，团里大大小小的领导都说过——你演戏就是个死。

其实电视剧开拍前，张译已在这个故事中活了3年。他在话剧版（剧名《爱尔纳·突击》）中当场记兼袁朗替身即B角，干了3年，对剧情、主旨烂熟于胸，却没一次上台机会。

所以接到史今的角色时，他压力极大。“我当时觉得这个角色是有问题的，最大的问题就是没有缺点。”在去云南拍戏的火车上，他一直琢磨，怎么能够既诠释出史今的完美，又能让观众感受到这是一个真实存在的人。他跟康洪雷导演探讨这个问题，康导没给明确答案，让他自己琢磨。

为了演"活"史今，张译花了不少心思。他在同连长就许三多问题谈判时偶尔闪现的狡黠、得意忘形，在伍六一和连长面前的撒娇，甚至对伍六一有点儿暴脾气……这些细节都是"生找"出来的。"不找，真心会觉得这个人物，首先我不相信，也怕观众不相信。"

《士兵突击》中，史今退役的一场戏，将"告别"推至高潮。尽管他本人在多个场合强调过自己没有史今的影子，但拍退役戏的时候，张译的转业报告被批准了。当了9年兵，这场戏也是全剧的杀青戏。双重的离别让当时的张译用尽了全部的感情，导演喊停后，他还蹲在地上哭。

相比而言，伍六一之于邢佳栋则要顺畅得多。

当时刚进剧组，同邢佳栋擦肩而过，张译就判定：这绝对是伍六一。他线条硬朗，身高181，天然一副"硬汉"形象。

但现实中的邢佳栋和伍六一一点儿都不像。他安静平和，没那么激烈。康洪雷找来的时候，没看剧本，没问角色，邢佳栋一口应下。他想得很简单，毕业没几年，"有钱赚、有戏演"就很知足，更何况对方是大导演。

剧中，伍六一是钢七连最生猛的兵，他宁折不弯，自尊得让人心疼。康洪雷眼里，邢佳栋在片场爆发力极强，他跟伍六一有诸多相似，外表强悍、高傲、自尊，把自己包着、裹着。就像在剧中，史今退伍时许三多哭得稀里哗啦，而伍六一则只是伫立窗前，背对着所有人淌泪。

有一段剧情未同观众见面。伍六一退伍后，有人在县城看到过他在修鞋。邢佳栋为此还拍过定妆照。导演后来删了这段戏，不想观众太心疼。

没有光环的张译和邢佳栋

《士兵突击》爆红。沉浸在剧情中的观众拒绝将演员和角色分离，见到张译和邢佳栋，也把心疼和眼泪一并带来。

时间长了，张译极不自在。“他们说，你就是史今。我说我不是，其实我和史今没有半毛钱关系，除了我们都是老兵。我不像他，不仅不像他，我照他还差得很远。”

但是所有人都跟他说：不，你就是史今。人们看到张译都会哭，掉眼泪，到最后他也懒得去解释了。“这种东西慢慢伤害到我，架着我上到一个所谓膨胀的天梯。”

邢佳栋也被光环包裹，张译记得，邢佳栋是当时最不相信“红了”的一个人。他拍完戏就窝在家里，又很少上网，直到2007年剧迷见面会，看到乌泱乌泱的粉丝，他才确信这戏火了。

《士兵突击》走红当年，张译没拍一部新戏，每天都在接受各种采访。所有主创被包围在“欢庆的氛围”当中。

有人以剧迷名义做了很多好事，救助老兵、建立希望小学，他觉得这些都挺好，但把庆祝都堆给演员是个错误。“并不是因为演员的存在，所以这部戏就如何如何了。演员只是整部机器中的一个个零部件。”

戏最火的时候，张译仍是个标准的穷光蛋，白天拿着简历挨个剧组跑，晚上可能就出现在一个光鲜的活动会场。

印象中，这种庆祝前后持续了近两年，他感到无比厌烦。“打个比方，如果某某酒店开业，庆祝一下，鸣礼炮30响，各界社会人士送来花篮、横幅，小庆3天，大庆10天，也就可以了。

您总得营业，您得开门迎八方客人呀。”

那时候，性子沉静的邢佳栋说过：“戏一杀青，就跟我没什么关系了。”但在《士兵突击》这似乎很难成立。即使过去了10年，他偶尔还能听到路人喊：“嘿，伍六一。”

邢佳栋在博客里专门写过一篇文章辩解，说自己“只是生活在伍六一的光环下，名大于实地替伍六一接受着人们的崇拜”。

所以10年后再回首《士兵突击》，两人都默契地提到了抽离和告别。他们都说，光环是角色自带的，不是张译的，也不是邢佳栋的。

挣脱过去的影子

除了习惯性紧抿嘴唇，张译身上很难再找到史今的影子。

修身西装内搭白T恤，一双白色休闲鞋。7月中旬，在新戏发布会现场，他一身清爽地现身，对记者的提问应对自如。

张译现在是大导们青睐的那种演员——勤奋、靠谱、有钻劲儿，去年，凭借电影《亲爱的》里的韩德忠一角，拿下了金鸡奖最佳男配角。

张译一直在改变自己的表演方式，希望脱开史今的影子。在都市剧中饰演过一系列暖男、国民女婿后，他转向大银幕，尝试各种反差极大的角色。他是个矛盾体，特别热爱演戏，圈内标准劳模，但常常不够自信，自己先打退堂鼓。拍《亲爱的》时，会跟陈可辛直接说：“这个角色我实在演不了。”贾樟柯找他演《山河故人》，他直接反问：“你确定没找错人？”连弯都不绕一道。

在上海电影节第一次看参演的《追凶者也》，导演曹保平问他：“还不错吧？”张译冷着一张脸，心情极为低落，“我觉得演得不好”，让曹保平很诧异。

他习惯反思。“如果没有对过去的反思，没办法看待未来及眼下的路如何走。但反思不代表无休止地对曾经的回顾。”这也是他不喜欢再谈《士兵突击》的因由。

《士兵突击》播出后，很多戏找邢佳栋演军人，他一度成了“硬汉”专业户。在《我的团长我的团》中，他是隐忍的理想主义者虞啸卿，在《桥隆飙》中，他是大仁大义的草莽英雄桥隆飙。

其实邢佳栋本人不喜欢“硬汉”这个标签，但也没有激烈地拒绝过。“作为演员，不该被一个概念性的词固定。”比如自己演过很多军人形象，但不同的角色不可能一个气质，他拒绝照搬经验，让人觉得伍六一回到了过去。

邢佳栋在后来一系列作品中，尝试刻画过许多个性鲜明的“小人物”，《养父的花样年华》中，他演出了一个平凡男人的坚强与伟大；《雾里看花》里，他是穿牛仔裤的古玩鉴赏家，还认认真真谈起了恋爱。而在话剧舞台上，他还曾饰演奸杀23人的变态战犯。

日子推着人往前走，两个都跟圈子保持着一段距离的人，都在用力挣脱旧时的影子，做出新鲜的改变。

文青与老干部

不挣脱的时候，张译和邢佳栋都很低调，不喜欢凑热闹，也不喜欢和人打交道。早年活动应酬，张译永远是话少、闷头撕餐巾纸或塑料桌布的那位。他不愿意把时间都撒在酒桌上、朋友圈里。

“作为演员，‘生活中不精彩，戏里很精彩’才是‘人间正道’——因为你把所有精神头用在了戏上。年轻的‘小朋友’生活中聊得可high，但戏就是演不好，这几乎是一个定理。”张译最喜欢的喜剧演员是范伟，而范伟在生活中几乎不怎么讲话。

私下里，张译是个标准文青，养了7只猫，爱看书，也爱写文章。当年话剧团的战友、也是《士兵突击》中李梦的扮演者马艺家形容这位自己多年的老相识：假文臭酸，说的就是他。

但马艺家也看好张译的演艺道路：他是真的用心刻苦地钻研演戏，他喜欢这个事儿。

而邢佳栋属于标准的“老干部”。他大夏天喝热茶，私下不熬夜、很少上网，在社交媒体上不太活跃，平时喜欢读书、听个京剧。作为青年演员，他很少说“演艺圈”这个词，而是常提到颇具年代感的“文艺界”。跟粉丝互动时，他会絮絮叨叨让人家好好学习、多看书，还在微博中列出推荐书单。

早先忙新戏路演，接受媒体采访前，他还要经纪人提前科普什么是CP。“我其实挺乏味、无趣的，很多人说我太闷了。”

粉丝喊他“居士”，清心寡欲，不理俗尘，这个外号还是张译起的。

早年，邢佳栋排斥被采访、上综艺节目，甚至排斥在影棚拍照。“我只想给大家看我演的角色，如果我跟观众中间没有角色挡着了，我会特别扭，心里不自在。”他期待的状态是邢佳栋外面罩着角色的外衣，能把自己包裹起来。

相比“士兵帮”其他兄弟王宝强、陈思诚、李晨等人的大红，邢佳栋的曝光度少得可怜。但他本人对此倒不在意。“好好做好自己的工作，这就叫火。”

“红不红就好比烟，只要把火生好了，烟自然会有希望显现。至于有的火没有烟，这不是我要关心的。”演戏在他这儿，仅仅是个工作。

士兵帮的情义

剧迷们总期待“士兵帮”能再次合作，借着10周年，观众巴不得大家能凑一起拍个续集出来。

张译很抗拒活在观众那种不切实际的期待中，他在自传里写过自己同茶馆服务生的一次过招：

茶馆服务生：“您给我签个名吧。”

张译欣然接受，正要落笔。

听服务生说：“我特别喜欢你的戏，李晨老师。”

“我不是李晨。”

服务生笑了：“别谦虚了，早就认出您了，帮我签一个吧，求您了。”

张译于是签了三个字——张国强。

他一脸严肃地说，这是真事。

角色属于观众，但生活属于演员自己。到8月份王宝强的离婚风波，连着被粉丝、很多人还并不是粉丝吵嚷了几天“史班长，许三多被欺负了，你快去帮他”。

张译最终发了条微博："昨天给他发了微信，跟他讲‘需要钱，告诉我’。”就这样，一直不想发声，再怎样也是家事，我说支持……还能咋个支持？

接受采访，邢佳栋也只淡淡说了句：“一切都会过去的。”

邢佳栋说，后来拍《我的团长我的团》时，兄弟们还总聚会，一起吃饭。这部戏拍完后，大家都忙了起来。

见得少了，天涯咫尺。应了戏里的台词：“总有一天你会发现，从天南到海北也就是一条腿的距离。”

“士兵帮”有个微信群，邢佳栋自然是话少的那个。有些群，他会潜水到底，自己不说话，也不关心别人聊什么，但这个群，他几乎每条消息都不会漏过。

2012年，邢佳栋到云南拍《战雷》，路过马龙县青龙山庄。那是当年拍《士兵突击》剧组住宿的地方。他让车停下，自己去里面转了一大圈，拍了食堂、宿舍，在微博上@士兵帮兄弟。班副“伍六一”第一个@的人是班长“史今”，有网友称，一下子被拽回到剧中。

有人问邢佳栋，对《士兵突击》中记忆最深的台词，他脱口而出“每个人心里边都开着花呢，一朵一朵的，可漂亮了！”这是史今的台词。

还有人问张译，史今对自己的影响。“有些影响已经化在我身上，有点拎不出来了。就像炖肉时间长了，烂在锅里，你一定让说哪个地方是肉，哪个地方是汤或骨头，我已经说不清楚了。”

至于原班人马拍续集，邢佳栋第一反应是：“一帮40多岁的‘老人’，怎么演？”

张译则直接拒绝：“我们要告别，人是要不断往前去行走的。”

这10年，张译发现自己最大的变化就是看清了该往哪个方向去走。他看清方向在前面，不是在后面。

邢佳栋也说：“早就说再见了，我不可能背着这个（戏）一直走下去。”

我们的团队

安小庆：彝族名字巴莫金诗，南京大学文艺学研究生毕业，曾就职于《南方都市报》。致力于人物特稿和“批判理论”、社会人类学视野下的人物述评写作。时代永远需要“讲故事的人”，每一个采访现场或许都可以视作一次有关当代中国故事的田野调查。

卢美慧：曾任职于《新京报》，擅长特稿写作。对职业记者来说，如今绝不是一个写作的好年头儿，谈不上什么坚持，所凭借的，不过是还有些拧巴的喜欢。就这样。

杨璐：一个采访对象说得好，“任何形容自己的企图最终都会以尴尬、混乱和矛盾而告终。”就喜欢去不同的地方，见不同的人，听他们的故事。也在和他们的碰撞里，试着认识自己，不断成长。

朱柳笛：毕业于武汉大学新闻系。直到现在我仍然觉得记者是个有趣又迷人的职业，未知的事物是最吸引人的。

陈墨：女，原《中国青年报·冰点周刊》记者，现在《人物》&“每日人物”做记者。越来越觉得写人物故事是一件很有魅力的事，希望有更多的故事可以说。

卫诗婕：毕业于中国青年政治学院新闻系，首届网易非虚构写作文学奖年度作者。曾报道白银连环杀人案、榆林产妇坠楼案、杭州保姆纵火案等。

杨宙：希望能够用安静和纯粹之心去倾听和记录每个故事。

单子轩：毕业于复旦大学新闻学院，喜欢去精神病院和骨灰盒店这样的地方采访，热爱普通人的故事。

李斐然：人物主笔，毕业于清华大学新闻与传播学院国际新闻传播专业。曾工作于《中国青年报·冰点周刊》《彭博商业周刊·中文版》，采访过霍金、丁肇中、桑德尔等顶尖科学家和思想家及比尔·盖茨等商业精英，持续关注商业、科技和国际新闻报道。设有个人IT专栏“电子情书”。